许友彬
未来秘境
系列

2047后，
十全九美的结局

［马来西亚］**许友彬** 著

浙江出版联合集团
浙江少年儿童出版社·杭州

目录 ▶

第一章　小孙的结局　　　　1

第二章　小芋头的结局　　　17

第三章　海阔的结局　　　　33

第四章　有点花的结局　　　49

第五章　白马的结局　　　　61

第六章　蛋猫的结局　　　　73

第七章　出手的结局　　　　87

第八章　出人头雕的结局　　101

第九章　瑜美的结局　　　　145

第十章　风起的结局　　　　201

感动全球华人读者!　　　249

第 一 章

小孙 的 结局

小孙在 2045 年失踪，故事得从 2045 年说起

2045 年　做一件大事

这一年，小孙八岁，住在小岛上。

小岛上的鸟屋被人纵火。

小孙赶过去看。

鸟屋里面养着一笼笼的毒鸟。

毒鸟之所以毒，因为它们体内含有一种 H4N13 超级病毒。

这种超级病毒能传给其他鸟类，也能传给人类。

鸟类染上病毒不会死，只是伤风感冒。

人类若染上这种超级病毒，则必死无疑。

病毒对人类是一种威胁，所以，鸟屋被烧毁是一件大好事。

鸟屋有四面墙壁，其中一面轰然倒下，露出一笼笼的毒鸟。

有些毒鸟已经被熏死，有些毒鸟在笼内飞扑鸣叫。

小孙看到这种情形，做出他有生以来最"英勇"又最

愚蠢的举动。

　　他往上一蹿，跳到一个鸟笼上。

　　鸟笼烫热，他忍住脚底痛楚，拔出插销，打开笼门。

　　他释放了一群毒鸟。

　　毒鸟纷飞，穿越浓烟，四面散开。

　　他呵呵一笑，觉得帮爸爸做了一件大事。

　　爸爸养了这群鸟，视它们为宝贝。

　　小孙"英勇"地把一些鸟救出来，想显露他的本事。

　　他要让爸爸知道他的厉害。

　　小孙心里怨恨着爸爸，因为爸爸重视其他人，却不看重他。

　　爸爸从来不让他做重要的事情。

　　他要等爸爸回来，告诉爸爸，他也是干得了大事的人。

　　他的确干了一件大事，一件愚蠢无比的事。

　　小孙释放了毒鸟后，蹲在地上。

　　他翻开脚掌，看着自己被灼烫的伤痕，唏嘘呼痛。

　　他等待爸爸回来，称赞他，安慰他。

2045年　有人脸的黑猩猩

　　小孙蹲在地上等爸爸，爸爸没有回来。

　　小孙等到了三架直升机，还有十多个荷枪实弹的人。

3

这些人不分青红皂白把小孙掳走。

小孙上了其中一架飞机。

飞机内有四个人，他们都用奇怪的眼光看着小孙。

其中一个说："你们看，这只黑猩猩的脸是不是很像人脸？"

另一个回答："有什么奇怪，黑猩猩的脸本来就像人脸。"

有一个说："不对不对，我在动物园里看过黑猩猩，黑猩猩应该没有嘴唇。他有嘴唇，有眼睛，有鼻子，就是一张人脸。"

第二个说话的不服气，争辩："谁说黑猩猩没有眼睛没有鼻子？没有眼睛怎么看东西？没有鼻子怎么呼吸？"

看过黑猩猩的那个说："我是说，他的眼睛像人的眼睛，他的鼻子像人的鼻子，你看，他还有眉毛。我记得黑猩猩好像没有眉毛。"

小孙终于忍不住，开口说话："我不是黑猩猩。我叫小孙。我是不完全人类。"

四个人都惊呼："他会说话！"

小孙说："我有人类的头脑，有人类的嘴巴和牙齿，当然会说话。"

四个人开始和小孙交谈，问小孙的背景。

看过黑猩猩的那个人给小孙拍照，然后发信息给朋友。

他用英语跟朋友通电话。

他大声喊："各位，各位，请安静！听我说！有一个朋友愿意出五十万元购买这只黑猩猩，我们要不要卖？"

四个人开始争论，有的说不应该卖，有的说要卖，有的嫌钱太少。

看过黑猩猩的那个人再跟朋友谈判。然后，他说："他答应出八十万，我们一人二十万，要不要？"

说不该卖的那个人问："要是队长问我们黑猩猩在哪里的话，我们怎样回答？"

看过黑猩猩的那个人说："我们说他从直升机上跳下海，失踪了。"

那人又问："那我们怎样把这只黑猩猩交给买主？"

看过黑猩猩的那个人说："我的朋友说，他的船就在海上。我们经过他的船只时，只要把黑猩猩抛下海就行了。就算给队长看见了，他也会以为是黑猩猩自己跳下海的，不会怪我们。有什么事，我负责。"

小孙叫道："不要把我抛下海，我不会游泳！我会死掉！"

看过黑猩猩的那个人打了小孙一巴掌。

"住嘴！"

小孙不敢再说话，吓得双腿发抖，臀部潮湿。

两个人把他押到窗边，另一个踹他的屁股。

小孙飞出窗外，掉落大海。

2045年 行了好运

小孙在大海里，挣扎着钻出头来呼吸。

一张渔网从天而降，把他罩住。

他像一条大鱼一样，被拖上船去，接着，被关进笼子里。

船靠岸后，他被带往一幢偏僻的别墅。

在别墅里，有人监视他，有人看护他，有人服侍他。

小孙吃得好，住得舒服，还可以玩电动游戏。

他整天吃喝玩乐，没有人管他，没有人骂他。

小孙暗忖，自己因祸得福，行了好运。

他不管那么多，有得吃就吃，有得玩就玩。

别墅的管家给他试吃各种各样的食物。

有一种糖果，他吃了飘飘然，宛如进入仙境。

管家说那是仙丹。

小孙天天吃仙丹。

一个星期后，管家停止给小孙吃仙丹。

那天，小孙浑身无力，打不起精神。

又过了几小时，小孙越发难受，如万箭穿心，苦不堪言。

他在地上打滚，求管家，说："给我仙丹……救命!"

管家说："我可以给你仙丹吃，但你必须替我干活。"

小孙说："只要你给我仙丹，干什么我都愿意。"

管家把他带到森林边缘，指着一道高墙问："那道墙，你跳得过去吗？"

小孙观察情况，墙前有棵大树，墙后面也有棵大树。

墙前墙后的大树，相隔一段距离。

大树比墙高几倍，小孙估计，爬到高处，还是跳得过去的："没问题。"

管家说："那你跳给我看。"

小孙爬上大树，抓着树枝一荡，轻易就跳到了对面的树梢。

他从对面树梢跳回来，爬下树，前后不到两分钟。

他问管家："是不是这样？"

管家说："对。以后你每天晚上必须这样工作。"

每天晚上，午夜过后，管家把他带到墙边，递给他一包东西，要他交给高墙对面的人。

这种工作，对于小孙来说，轻而易举。

那道墙很长，小孙每天换一个地方干活。

要去什么地方，由管家决定。

小孙的工作虽然轻松，但是日夜颠倒。

他一点儿都不介意，只要有仙丹，过得就跟神仙似的。

他天天活在虚无缥缈间。

现实世界对他已经不重要。

他忘了爸爸，忘了今日何年何月何日。

2045 年 小孙不知道

小孙释放的毒鸟飞出去后，把超级病毒传给其他鸟类。

一传十，十传百，全世界各地都有鸟类染上 H4N13 病毒。

染上病毒的鸟没死，却不断把病毒传给人类和其他鸟类。

结果，地球上半数人类都染上病毒丧命。

小孙不知道，他拔出插销的举动，害死了全球半数人口。

人类迫不得已，把全球所有鸟类杀死。

小孙拔出插销的举动，也害死了全世界所有鸟类。

2045 年以后出生的小朋友，再也看不见鹦鹉、白鸽或孔雀。

这是小孙害的。

2046 年 小孙都不知道

鸟类死后，昆虫少了天敌，肆意繁殖，泛滥成灾。

2046年爆发虫灾，把全球的绿叶都吃光了，地球一夜变了色。

地球的褪色，也是小孙害的。

昆虫占领全球之后，人类又和昆虫作战，把所有昆虫杀死。

2046年以后出生的小朋友，再也看不见昆虫。

翩翩飞翔的蝴蝶或闪闪发亮的萤火虫，都像恐龙一样绝种。

这当然也是小孙害的。

换一句话说，小孙拔出插销的一刹那，就判了几十亿人死刑，导致鸟类和昆虫从动物名册里被删除，让地球脱下美丽的绿衣裳，害小朋友吃不到鸡腿，喝不到蜂蜜，看不见红蜻蜓，听不见百鸟啁啾。

小孙造成的这些祸害，他自己都不知道。

2047年　小孙也不知道

小孙的爸爸是井本医生。

小孙失踪了两年，杳无音信，井本医生以为小孙死了。

小孙没有死，反而是井本医生在这一年死了。

爸爸死了，小孙也不知道。

2053年　忘了自己多少岁

光阴如白驹过隙，小孙还是浑浑噩噩地过日子。

他虚度光阴，什么都没有学会，只学会翻墙送货。

他对高墙另一边的环境已了如指掌。

小孙只要翻墙过去，把货物放在指定的地点就行了。

好景不常，2053年的某一个晚上，小孙失手了。

那晚，他跳到对面的树上后，忽然遭到野兽攻击。

他也不知道是什么野兽，只看见一双发亮的眼睛。

他从树上掉落，即刻昏迷过去。

大概仙丹吃多了，他的身体很虚弱。

等他醒来，发现自己已经在囚室里。

他在囚室里喊："救命！救命！放我出去！"

狱警跑过来，觉得惊奇，问他："你会说话？"

"我会，我会说话。"

狱警问他叫什么名字，来自哪里，他都对答如流。

狱警跑去通知警官，边走边喊。

"那只猩猩会说话！那只猩猩会说话！"

警官进来跟他说话。

他说得天花乱坠。

警官问他："谁是主谋？"

他反问警官："什么叫主谋?"

警官问："谁叫你送货?"

他回答："管家。"

警官问："管家叫什么名字?"

"不知道。"

接下来的很多问题，他都回答不知道。

警官不相信他不知道，对狱警说："他一直说不知道，怎么办?"

狱警打他，骂道："还说不知道! 还说不知道!"

即使打死他，他也不知道。

警官下结论："这只猩猩，只有五六岁的智商，问不出结果的。"

小孙觉得受了侮辱，说："我不止五六岁，我已经很多岁了。"

警官问他："你说，你几岁了?"

他答不出来，只说："是……十岁……十岁吧。"

他的生活无日无夜，不知道岁月流逝，不知道自己已经十六岁了。

警官说："黑猩猩的智力只有五六岁，算都算不清楚。"

小孙说："我不是黑猩猩，我有人类的头脑。"

警官和狱警听了都哈哈大笑。

警官说："这只猩猩比较聪明，不止学会说话，还学会说谎。"

小孙跪下来叩拜，说："求求你们，给我仙丹吃。"

狱警叫他转过身去。

小孙转身。

狱警叫他撅起屁股。

小孙撅起屁股。

狱警一脚踹去，让他跌了个狗吃屎。

他以为狱警踹他一脚，就会给他仙丹吃。

狱警只是把囚室的门锁起来。

他等着吃仙丹，等得难受，流泪流鼻涕，手脚打哆嗦。

狱警没有给他仙丹，只给他吃咖喱饭。

2053年　认不出海阔

他在囚室里生不如死。

以前在天堂，现在入炼狱。

有一天，狱警打开门，让一个人进入囚室。

那个人说他是海阔。

海阔？

他挠挠后脑勺，依稀记起有这么一个少年。

对了，在不一样王国，海阔是一个王子。

海阔明明只有十二三岁，怎么变成彪形大汉了？

他不知道，他和海阔一别，已经八年。

他以为自己认错人了，但那个人真的是海阔。

海阔背后的大龟甲假不了。

或许，海阔就是他的救星。

他对海阔示好，两人抱头痛哭。

海阔对他深表同情。

小孙提出要求："海阔哥哥……我没有仙丹吃……很痛苦。你买仙丹给我吃……好吗？"

海阔答应他说："小孙，你耐心等待，我一定会尽我最大的能力帮助你。"

海阔说话不算数。

他离开后，就再没回来。

2055年　来不及说完

小孙被关在动物园里。

他是不完全人类，不是动物。这对他是一种侮辱。

他不想面对游客，只用臀部对着他们。

如果游客肯给他仙丹吃，他愿放弃尊严。

只要有仙丹，他不介意当动物，不介意下跪，不介意叫人爹娘。

他拉开嗓子，大喊："给我仙丹吃！给我仙丹吃！"

他喊破嗓子，都没有人给他仙丹。

没有仙丹吃，瘾一上来，浑身发抖。

他解不了瘾，发起狂，会做一些不自觉的举动。

有一次，他用牙齿咬铁笼。铁笼没断，他的两颗门牙断了。

又有一次，他不知从哪里抓出一地毛。

原来他把自己的头皮抓破了，抓得满头是血。

他常常产生幻觉，分不清现实与梦境。

有一天，他听见有人在笼子外面呼唤。

"小孙！小孙！"

他低头从腋下望过去。

一个长头发的女子站在笼外，双腿并拢，呆呆地站立。

"小孙，你不认得我了吗？"

这个女子很熟悉，是谁？

他记得，是他家里的人！是不是西塔？

西塔是他小时候的保姆，照顾他长大。

他跟海阔曾经给西塔注射过超级病毒。后来，西塔好像死了。对，西塔死了。

她是鬼？

西塔来报仇了？

小孙吓得大叫，猛抓后脑勺的猩猩毛。

"小孙，你不要这样。你要记得，你是王子。"

西塔提醒他是王子。

她在讽刺他，耻笑王子也落得这种下场。

说他是王子，比骂他是恶魔更让他心痛。

一句话就像一把利刃捅进他的心窝。

小孙背着她暴跳，怒吼："你滚！你给我滚！"

西塔说："好。我走了。我会再来的。"

西塔说她会再来？她不放过他？

她要慢慢折磨他？

那天晚上，风声凄厉如鬼叫。不是风声，根本是鬼叫。

是西塔的叫声。西塔报仇来了。

他觉得有一只无形的手揪他的肚肠，捏他的心肺。

他受不了，乱窜乱跳。

小孙霍然蹿上去，在高空翻了一个跟头。

在高空中的刹那，小孙脑海里浮现出爸爸的样子。

他大叫："爸爸，我……"

一个倒栽葱落下，小孙把自己的头颅砸破。

他死在血泊中。

死前，小孙想告诉爸爸他干了一件"英勇"的事。

他还来不及说完，十八年的生命就这么结束了。

小孙一生就只干过那么一件"英勇"的事。

而他不知道，那是多么愚蠢的事。

到他死的那天，他还以为那件事是好事。

小孙活得糊涂，死得难看，令人遗憾。

这是一个不美的结局。

第二章

小芋头 的 结局

2047 年　遇见怪怪的人

小芋头像其他小男孩一样，有鼻子有嘴巴，好手好脚，只是胸腹和后背都长满细细的黑毛，好像穿着一件无袖黑棉袄。

这一年，小芋头一岁多，跟随妈妈和有点花来到不一样游乐园。

他的头脑特别好，一岁多的事情，也有印象。

他记得，在这里遇见有翅膀的哥哥、带龟壳的哥哥、会说话的老虎、整天泡澡的姐姐。

有翅膀的哥哥带他飞上天空。飞翔的感觉真好。

带龟壳的哥哥对别人凶巴巴的，对小芋头还不错。他动作粗鲁，喜欢和小芋头玩摔跤。小芋头不喜欢和他玩，常常被他扭得手脚疼痛。

会说话的老虎对小芋头很温柔。它让小芋头骑在它背上。老虎驮着小芋头到处跑。只是，老虎的味道不好闻。

整天泡澡的姐姐离不开水桶，也不能到草地上去。她泡在水桶里，身体湿湿的，和小芋头保持距离。

小芋头感觉到她的冷漠。

后来，一匹会飞的白马出现。

接着，不知发生了什么事，有翅膀的哥哥、带龟壳的哥哥、会说话的老虎，还有陪他来的有点花哥哥，全都离开了。

不一样游乐园，只留下整天泡澡的姐姐和小芋头两家人。整天泡澡的姐姐很少到他家来。

他见过整天泡澡的姐姐哭。

整天泡澡的姐姐哭着问他："你爸爸死了，你知道吗?"

他不知道什么是爸爸。

他不知道什么是死。

他家里只有妈妈。

整天泡澡的姐姐家里有妈妈和姐姐。

姐姐的妈妈叫余妈妈。

余妈妈和妈妈一起做饭，一起种蘑菇，忙着说话。

小芋头只好自己照顾自己。

他自己走自己的路，自己跟自己说话。

有时候，他举头望着天空，希望自己也能飞上天空。

2048年　自己教自己

小芋头已经习惯草地上的生活，整天在草地上跑跑跳跳。累了，他就倒在草地上睡觉。

他开始爱上这个地方，爱上草地，也爱上树木。

他天生喜欢树木，树木越高越好。

有一天傍晚，妈妈出来喊他回家吃饭，找不到他。

他听见妈妈恐慌地大叫："小芋头！"

那时，他在树上睡觉被妈妈吵醒了。

小芋头俯视妈妈，妈妈像一根小手指那么小。

妈妈在草地上找不到他，就对着大海喊："小芋头!"

小芋头在高高的树上喊："妈妈!"

妈妈看见他后，大叫："谁把你放在上面的?"

小芋头慢条斯理地从树上爬下来。

妈妈在树下，吓得脸色铁青，鼻子绯红，问他："谁教你爬树的?"

爬树还需人家教吗?

小芋头学会了走路，就会爬树。他觉得爬树比走路还容易。

走路得放开双手，让他感到不自在。爬树，手里握着枝丫，他心里踏实多了。

"我自己教自己的。"

他喜欢爬树，爬上高空。

妈妈并不了解他，只会大惊小怪。

妈妈受惊吓的时候，脸色会变青，鼻子就变红。

妈妈抱他时，他可以摸妈妈的头发，捏妈妈的脸蛋……就是不可以碰妈妈的鼻子。

摸到妈妈的鼻子，妈妈会尖声叫喊："别碰!"

妈妈最好看的地方是她的鼻子。

小芋头爬上树，妈妈没有骂他。

妈妈有烦恼，只会去找余妈妈。她问余妈妈："小芋头会爬树了，怎么办?"

余妈妈说："就让他爬好了。"

妈妈说："我担心他从树上掉下来。"

余妈妈说："别担心，他有爬树的基因。"

妈妈说："我还是担心。"

2048年　七千万

妈妈又有烦恼了。

妈妈对余妈妈说："我发觉小芋头的银行户头里，无端有七千万元。怎么办？"

余妈妈问："会不会是银行弄错了？"

妈妈说："我也以为弄错了，打电话问银行。银行说，没错，去年有一个神秘人物存入的。七千万！怎么可能？"

余妈妈斩钉截铁地说："是他爸爸！是小芋头他爸爸！"

妈妈还是很烦恼地叫嚷："七千万！"

余妈妈重复说："是他爸爸！是他爸爸！"

小芋头记住了：七千万。

妈妈的烦恼没有解决，绝望地呼叫："七千万！怎么办啊！"

余妈妈说："买房子！"

妈妈如释重负，说："对！去城里买房子！住在这里，小芋头整天爬树，会变猴子。"

这一年，小芋头和妈妈搬到城里，住在高楼里。

妈妈在窗户上加了铁栅栏，与天空隔起来。

别家的窗户都没有铁栅栏，就他家最特别。

他指着铁栅栏问："为什么要装这个？"

妈妈说："我怕你跳出去。"

小芋头不想跳出去，只想飞出去。

他不喜欢住在高楼里。

这里没有广阔的草地，没有芬芳的泥土，没有高高的树木。

小芋头很不习惯。

2052年　贴心小棉袄

小芋头六岁，在幼儿园里有很多小朋友。

他发觉小朋友长得跟他不一样。

小朋友的手臂都很短，垂下手臂还碰不到膝盖。

小朋友身上都没有黑毛，光秃秃的，难看。

小朋友都不像自己一样穿着衣服，而是在身上喷了一层薄薄的护霜。

他们的护霜五颜六色，但是都不好摸。

小芋头伸手去摸，有的粗粗，有的刺刺，有的皱皱。

小朋友都说："小芋头的护霜最好摸。"

小芋头的身上不是护霜，是长出来的黑毛。

他的胸背是毛茸茸的，摸上去好舒服、好温暖。

小芋头不但很好摸，还很好抱。

小朋友都喜欢抱小芋头，有事没事，走过来就抱一下。

伤心了，心情不好了，抱抱小芋头，就好了。

小芋头也不介意给朋友抱。他乐意提供温暖的拥抱。

他甚至了解一些小朋友的需求，有的需要抱紧一点儿，有的只需要轻轻一抱。

他的拥抱，能治疗悲伤，这不完全是好事，偶尔也带来困扰。

他在班上专心听课时，常常有邻班的同学敲门，哭着问道："老师……我可以……抱抱他吗?"

老师就会喊："小芋头，出来。"

不止小朋友喜欢抱小芋头，大人也喜欢抱小芋头。

老师来到班上，都会先抱一抱他，好像他身上储藏着正能量。抱一抱他，老师就精神抖擞，教书时特别起劲。

喜欢抱小芋头的大人不止是老师，小朋友的家长也如此。家长无事不能进入校园，只能在校门外等待小朋友放学。要是家长看见小芋头走出来，都会趋前抱一抱。

小芋头人见人抱，名声大噪。

他拥抱的名声，盖过他原本的名字。

小朋友不知道他的名字，只管他叫"抱抱哥"或"抱抱弟"。家长和老师则叫他"贴心小棉袄"。

这个年代，已经没有衣服穿，更别说棉袄。家长和老师，似乎怀念童年穿过的棉袄，才给他取这个绰号。

他从幼儿园毕业那天，所有小朋友都哭了。

他们说："你走后，谁来抱我？"

老师和家长同样伤心，也都说："谁来给我抱？"

毕业那天，小芋头走出校门前，慷慨地给所有同学最后一抱。

一人一抱，湿了小芋头两边的肩膀。

他走出校门后，遇见几个守在门口的家长阿姨。

他又被搂得喘不过气来，身体差点儿扭曲了。

2054年　妈妈的鼻子

小芋头八岁，老师要同学们谈谈自己的爸爸妈妈。

老师说："有的同学没有爸爸妈妈，有的同学只有一个爸爸或一个妈妈，有的同学有两个爸爸或两个妈妈。这都很正常，大家都可以谈谈。"

小芋头很大方地和大家分享妈妈怎样照顾他。

老师问他："你认为，你妈妈最特别的地方是什么？"

小芋头不假思索就说："她的鼻子。她的鼻子很神奇。她脸色青的时候，鼻子就转红。"

"真的吗?"老师总是找机会夸奖人,她说,"你真是观察入微。一个小变化也逃不过你的眼睛。"

"还有,"小芋头又说,"我妈妈的鼻子,不让人碰。如果你遇见我妈妈,你可以摸她的头发,或者捏她的脸蛋,她都不会生气。但是,你碰到她的鼻子,她会跟你拼命。"

老师说:"你有一个好妈妈,我们真替你高兴。你的爸爸呢?可以谈一谈你爸爸吗?"

他愣住了。

他出生就没有爸爸,妈妈也从来不提起爸爸。

老师问:"你是不是没有爸爸?没有爸爸也不要紧。没有爸爸不是你的错。很多人都没有爸爸,没有爸爸我们也可以过得很快乐。"

小芋头说:"我有爸爸,只是我从来没有见过爸爸。"

老师又问:"你知道你爸爸叫什么名字吗?"

小芋头回答:"知道,我爸爸叫七千万!"

2059年 抱功了得

小芋头十三岁,刚入中学,在学校里已经是风云人物。

他是篮球队的灌篮高手。

他身高一米六八,在篮球队里并不算高。

他的手臂比别人长,举起手来,抢球比别人容易。

他的手指也特别长，篮球一到手，就被牢牢钳住。

他一跳起来，伸手即可把球直接放入篮圈里。

篮球比赛只要有小芋头出场，势必爆满。

同学们都喜欢来看他打球，尤其是女同学。

小芋头也是乒乓好手。

他打乒乓不需要移动身体。

他站在乒乓桌边，伸手就可以触及桌面每一个角落。

他的手臂长，挥臂的幅度比别人大，杀球的力道也比别人强。

不论他打篮球还是打乒乓，打球的时候他感觉轻松，打完球他才特别紧张。

他必须以最快的速度奔向卫生间。他在卫生间里淋浴，洗去一身汗味。

小芋头不能带着一身汗味和人拥抱。

那些朝他奔来的人，就是要求他抱一抱。

他是校园里出名的"校抱"。

同学们不分男女，都渴望投入这个最温暖人心的怀抱。

他的抱功了得，有"六解一取"之说。

"六解"指解忧、解压、解乏、解恨、解闷和解饿。

"一取"指取暖。

有人甚至说有"七解"，抱一抱还能解惑。

有什么事情想不通，抱一抱小芋头，立马想通了。

可惜，他的抱功在第二年被桑釉化解。

2060年　桑釉求抱

桑釉十六岁，比小芋头大两岁，是一个爱哭的女孩。

桑釉隔三岔五哭着来求抱。

她搂着小芋头的腰，踮起脚，在他耳边说："我哭不完，帮帮我。"

小芋头问她："怎样帮你？"

"你把我的眼泪挤出来就好了。"

小芋头紧紧一抱，就把她的眼泪全挤干了。

桑釉并不满足于三五天一抱。

她每天早上都在校门口等小芋头。

她说："我睡不醒，精神不振，你帮我提起精神，好吗？"

小芋头还是那么紧紧一抱，就把她的精神挤上脑袋。

桑釉对每日一抱，还是不满足。

每天放学后，她按时出现在校门口，要求每日第二抱。

她说："我用心学习，但学得不够扎实，你帮我把学问压压实好不好？"

小芋头紧紧一抱，桑釉一天所学就扎实了。

桑釉上课前一抱、放学后一抱，还是不满足。

她要求不只是紧紧一抱，还要抱的时间够长。

早上抱的时间不够长，她会说："再等一下，精神还没有提上来。"

下午她则说："别放手，放手学问就松散了。"

小芋头迁就她，早上长抱，下午难分难舍。

拥抱的长短，由桑釉决定。

桑釉说"放"才可以松手。

每天早上，她听见上课铃声才说"放"。

每天下午，她等到其他人离开学校才说"放"。

小芋头这个"校抱"，几乎变成桑釉的"私抱"了。

上课前、放学后，别人没有机会抢抱。

有需要小芋头拥抱的，只能在午休时刻。

午休时刻，小芋头偶尔抱抱其他同学，不分男女，不分大小。

桑釉看了，嘴巴就嘟起来。

2060年　抱功破灭

放学后，桑釉把小芋头拉到学校附近的公园去。

桑釉让小芋头躺在长凳上，温柔地说："小芋头，你对我那么好，今天让我替你按摩。"

桑釉替他按摩背后，又替他按摩胸腹。

桑釉的手指涂着一种油，按得小芋头全身松软。

小芋头不知道这是什么油，以为只是按摩油。

其实，这是一种慢性除毛油。

皮肤吸入这种油，几小时后，毛囊萎缩，毛发自然脱落。

那天傍晚，小芋头用了晚餐，进浴室洗澡。

他调暗灯光，躺在浴缸里，开启自动洗澡程序。

肥皂沫自动洒在他身上。

刷子自动为他擦身体。

温水自动喷射过来。

他的头枕在洗发机上，脸套着洗脸仪。

洗发洗脸，同时进行。

洗澡完毕，全身舒畅。

他站起来，走进除湿室。

除湿室是一个低气压的小房间，里面吹拂着干燥的暖风。

小芋头身体上的水珠被吹去，头发同时被烘干。

从除湿室走出来，他把灯光调亮，睁大眼睛照镜子。

小芋头惊叫一声。

妈妈冲进来，看见小芋头，诧异地捂起嘴巴。

她再仔细端详，把小芋头前前后后看清楚，问："谁弄的?"

小芋头说："桑釉。"

妈妈点头说："嗯。手艺还不错。"

小芋头的黑毛脱光了，只留下胸前一小块。

胸前那一小块胸毛是一颗心的形状。

小芋头带着一小块胸毛去学校，让所有同学好失望。

他不再好抱。

同学说，小芋头已经"六忧不解"和"一无可取"。

也有同学说，抱小芋头和抱大石头没什么两样。

没有人再向小芋头求抱，除了桑釉。

小芋头对桑釉有恐惧感，一见到她就说："别碰我。"

"为什么?"桑釉楚楚可怜，蠢蠢欲动。

小芋头冷酷地回答："你问我妈妈的鼻子。"

说完，他飞奔而去。

为了躲避桑釉，小芋头准备了一根长竹竿。

他不敢从学校大门进出，天天撑着竹竿翻越围墙。

因此，小芋头打下了撑竿跳的基础。

2063 年　澎湃的壮丽

小芋头参加奥林匹克运动会。

在没人看好的情况下，他爆冷获得撑竿跳金牌。

这一年，小芋头才十七岁。

他躬身领奖时，想起是桑釉的功劳，在奖台上感激地

叫道："桑釉！"

颁奖人听成"thank you"，回答他"not at all"。

小芋头在奖台上肃立。

祖国的国歌响起。

祖国的国旗飘扬。

他的心情特别澎湃。

从此，他有了新目标。

他的身体，不再是为了给人家拥抱。

他的身体，是为了拥抱国歌，拥抱国旗。

接下来的每一年，在各种国际运动会上，他都会心情澎湃。

小芋头追求的，就是那种澎湃的壮丽。

第 三 章

海阔 的 结局

2047年　以国王为楷模

海阔很想做一个好人。

他更想做一个有权有势的人。国王是一个有权有势的人，是他学习的楷模。

他只有十五岁，知道自己年少无知，涉世未深，需要国王的指引。

国王的每一句话，他都奉为金玉良言，反复琢磨，虚心学习。

表面上，海阔在不一样游乐园掌握大权，其实他只是国王的傀儡。

真正运筹帷幄的，是躲在暗处的国王。

海阔盘算，他会长大，国王会老会死，权位非他莫属。

海阔万万没有想到，国王死去之前，他已被警方拘捕。

那天，他戴上手铐，才认真思考自己犯了什么罪。

他谋杀出手。出手不是人类，出手是一只宽吻海豚。

杀死一只宽吻海豚会受到什么处罚？

他不知道，他不懂法律。他伪造文书，假造租约。他也不知道这个罪名有多大。他对法律真的一无所知。

这个时候，他不是后悔，而是害怕。他怕受到惩罚。他怕死，怕被枪毙。应该不至于枪毙吧。他怕被判终身监禁。如果一辈子活在监牢里，人生还有什么意思？

2047年　深切反省

海阔被带到警局去录口供。

阿莫警长事先警告他："你要说真话，不能说谎。如果你说谎，欺骗警方，罪加一等。"

海阔忧心忡忡，问："如果我说真话，会不会被判死刑？"

"那要看你犯了什么罪。"阿莫警长问，"地主是你杀的吗？"

海阔马上否认："不。不是。我连地主都没有见过。"

阿莫警长再问："乃猜是你杀的吗？"

海阔连忙说："不是。我们见到他时，他还好好的。"

阿莫警长又问："伪造租约文件，是你做的？"

海阔说："是国王教我做的。"

"国王？"阿莫警长啼笑皆非，问，"我们国家有国王？"

海阔改口说："是井本医生教我的。"

阿莫警长说："你犯的不是大罪，只要你承认错误，坦白录供，应该不会受到太重的处罚。"

"要坐多少年监牢?"海阔颤着声音问。

阿莫警长说："我不知道。我们警察只是负责调查，把调查报告呈给检察署。要采取什么行动，由检察署评估。如果你态度良好，肯认真悔过，我们会替你求情。"

海阔听了，和警方坦诚合作，有什么说什么。

由于他尚未成年，最终并没有入狱，而是被送进少年感化院。

海阔感到非常幸运。

少年感化院是一所学校，能给海阔良好的教育，帮助他重新做人。

海阔在感化院里，深切反省，对自己犯下的错误感到后悔。

2050年　受尽歧视

海阔从少年感化院毕业。他成绩优异，行为良好，获准进入法律学院。他在法律学院里受尽歧视。同学们都因为他身体的畸形而排挤他。

他勇敢地告诉他的同学，他是转基因人类，是不完全人类。

他强调："我虽然是不完全人类，但在人类的法律里，我属于人类，和人类享有同等的权益。"

他的一个同学反驳："你是不完全人类，就不可能和人类平等。"

海阔忿忿地说："我现在就是过着人类的生活，跟你们没有两样。你们做得到的事情，我都做得到。你说，有什么我做不到的？"

那个同学挑战他，说："我有女朋友，你有吗？你能找一个人类女朋友，我才相信你和人类平等。"

这句话触及海阔的痛处。

学院里的男同学都有女朋友，就只有他一人没有。

他曾经尝试着去找一个女朋友，但没有一个女孩子看得上他。

同学说的话只是刺伤海阔，并没有把海阔击倒。

海阔理性地思量，有没有女朋友，和平等不平等，风马牛不相及。

一个人的本事，不能以交女朋友来衡量。一个人的本事，要用什么来衡量？

海阔认为，考试成绩，能衡量一个学生的本事。他发愤图强，努力求学，要证明自己不比别人差。他好胜，一定要赢，而且要赢得漂漂亮亮。在他的骨子里，就有一股强大的战斗力。

2053年　意外的收获

海阔斗志高，在学院里，学业从不输给别人。大学四年里，他都名列前茅。他成绩好，却没有什么朋友。他把大部分时间都用在读书上。

他并不是死读书，他关注时事，尤其那些和法律有关的内容。

有一则新闻，勾起他很多回忆，让他彻夜难眠。

新闻的标题是《转基因人类杀死转基因人类》。

凶手是一只有人类手臂的海豚，死者是一只有人类四肢的鳄鱼。

他知道他们谁是谁。有人类手臂的海豚是出手。

海阔曾经对出手开了一枪，出手浴血而去。他以为出手死了，感到罪孽深重。想不到出手竟没有死。

没有杀死出手，他心里好受些。

那只有人类四肢的鳄鱼他也见过。那是国王制造的半人半鳄鱼。半人半鳄鱼被养在一个很深的水池里，爬不上来。2044年发生大水，淹没水池，把半人半鳄鱼冲走了。

那年，半人半鳄鱼只有一米长。那年过后，他就没有再见过半人半鳄鱼。

网络新闻报道，半人半鳄鱼是庞然大物，有五米长。

这只庞然大物要攻击人类，千钧一发之际，出手出现，一枪把他击毙。

出手救了人类，被网民封为英雄。

出手非法拥有一把枪，却没有受到网民批评。

她现在还带着一把枪在海里到处游逛。想到这里，海阔捏了一把冷汗。

海阔也常到大海里游泳。他是半人半龟，天性就喜欢海水。他面临压力时，跳入海里游一会儿，压力自然消除。

如果出手见到他，会不会找他报仇？他对出手开过一枪，出手会不会还他一枪？

出手有枪，对海阔是威胁。

人类拥有枪械必须申请执照。出手不是人类，无须申请执照。出手不是人类，拥有枪械是否有罪？这里头就有法律问题。出手不是人类，能否用人类的法律对付她？如果出手没有受到法律约束，岂不是可以持枪胡作非为？

那太不公平。出手必须受到法律约束。

海阔发表一篇论文，题为《转基因人类应与人类平等》。

表面上，他是为转基因人类争取法律地位。其实，他是想用人类的法律来约束出手。

这篇论文发表后，并没有引起法律界的重视。他心有不甘，向学院的教授提出这个问题。

教授说："转基因人类数目太小，不值得为他们修订法律。"

海阔说："不给他们法律地位，就无法限制他们的行为。"

教授解释："以目前的法律，科学家制造转基因人类是非法的。如果制造出来的转基因人类有合法地位，等于认同科学家制造转基因。这样一来，就会鼓励更多科学家进行转基因研究。我不认为是好事。"

教授的解答，无法让海阔释怀。

海阔和教授的讨论，却给教授留下一个好印象。在教授的推荐下，海阔的论文获评为一等评论奖。这是海阔意外的收获。

2053年　转移灵魂之说

大学第四年的最后一个学期，海阔去一家法律事务所实习。

他的顶头上司是一个年轻的律师。他向律师展示他的论文。

律师瞥了标题一眼，问他："你真的以为转基因人类和人类平等？"

海阔说："那是肯定的。你读了我的论述就会明白。"

律师推开论文，不屑地说："还用读？我凭直觉就知道不可能平等。"

海阔默不作声。

律师说："我对转基因没有兴趣，我比较感兴趣的是转移灵魂。你听过转移灵魂的事吗？"

海阔摇头。

律师说："转移灵魂的法律问题，比转基因更严重。我手头就有一个案例。"

"什么案例？"海阔好奇。

"听说，有人把灵魂转移到动物身上，然后利用动物去做坏事。"

"什么动物？"

"猴子。有一只猴子偷运毒品。我怀疑这只猴子有人类的灵魂。"

海阔质疑："会不会是猴子受过人类的训练？"

律师说："这只猴子会说人话。人类能够训练猴子说话吗？"

海阔摇头。

律师问："你有没有兴趣去看看这只猴子？"

海阔点头。

2053 年　拯救小孙

那只猴子被拘留在警察局里。

海阔去警察局探望它。

警察说："律师弄错了，它不是猴子，是黑猩猩。"

警察开门让海阔进入囚室。

那只黑猩猩背对着他。

"哈啰！"海阔打招呼。

黑猩猩转过头来。一张人脸，是小孙。

不是灵魂转移，是转基因人类，是不完全人类，是国王的儿子。

小孙骨瘦如柴，眼神呆滞，并不认得海阔。

"小孙，我是海阔。"

"海阔？"小孙抓耳挠腮。

"是啊！忘记了吗？不一样王国里的海阔王子啊！"

"哦。"小孙似乎想起了，"海阔哥哥，你……这么高大了？"

"当然，这么多年了。"

虽然这么多年了，小孙却没长高，反而缩小了。

小孙扑进海阔怀里大哭，抽抽搭搭说："海阔哥哥……救我……"

"你犯了什么罪?"海阔问。

小孙哭诉:"我没有犯罪……我只是帮人家送货……警察就把我关在这里。海阔哥哥,救我……"

海阔知道小孙被人利用了,小孙并不知道他送的货是毒品。

他安慰小孙说:"别怕,我想办法减轻你的罪刑。"

小孙流着鼻涕说:"海阔哥哥……我没有仙丹吃……很痛苦。你买仙丹给我吃……好吗?"

小孙染上毒瘾,还把毒品当仙丹。

"小孙,那个仙丹,不是好东西,会把你毒死的。你别吃了。"

小孙跺脚哭闹,喊道:"我不管……我不管……我要吃……"

海阔掐指一算,小孙十六岁了,举止还像小孩子。

对!他现在十六岁。

小孙被捕时未满十六岁,还属未成年少年,或许有望拯救他。

海阔答应小孙说:"小孙,你耐心等待,我一定会尽我最大的能力帮助你的。"

海阔上书求情,指出小孙犯案时未成年。若把小孙当人类,理应把他送入感化院。

他附上自己的论文《转基因人类应与人类平等》。警方并不理会海阔的论文，不把小孙当作人类看待。警方把他当作动物，送到动物园去。

小孙的案件了结后，海阔做了一个报告，交给律师评估。

律师读了拍案大笑，说："你看，你的论文有什么用？现实就是现实，马就是马，鹿就是鹿，你不能指鹿为马。会说话的猴子，还是猴子，最终还是得回到动物园去。"

海阔听了，也不反驳，只是狠狠咬着自己的嘴唇。

2055 年　赢得金牌

海阔以第一名的成绩从法律学院毕业。院长当众表扬他，颁给他一块金牌。可惜，他的荣耀只限于礼堂之内。

毕业典礼过后，从礼堂走出来，他觉得很失落。其他同学都捧着鲜花和情侣或家人合影。他没有情侣，也没有家人。

他一个人孤独地坐在湖边，摩挲着掌心的金牌。

他对着湖水说："我赢了，赢得漂亮。"

接着，他捂着脸哭了。他分不清自己是喜极而泣，还是伤心流涕。总之，他痛痛快快地大哭一场。

揩去眼泪后，他几次作势要把手里的金牌当水漂抛出去。可他把金牌捏得很紧，舍不得抛出去。

他自言自语："这块金牌，要给谁看呢？"

海阔想起一个人。

八年前，瑜美十二岁，瞧不起他。

现在，瑜美二十岁了，思想成熟了，应该会欣赏海阔。

也许，她会仰慕海阔。

也许，她会爱他。

2055年　最美丽的美人鱼

海阔带着金牌去找瑜美。

出发之前，他在论文的扉页添加了一行文字：

献给瑜美公主——世界上最美丽的美人鱼

他去不一样游乐园的旧址找到瑜美。

瑜美依然对海阔冷淡如昔。

海阔展示金牌，瑜美不屑一顾。海阔打开论文给瑜美看，瑜美没有兴趣阅读。

临走前，他告诉瑜美，小孙被关在动物园里。这是瑜美唯一感兴趣的。

瑜美对小孙的关注，远远超越他。在她眼中，一个毒贩竟然比一个律师重要。

他失望而归。

海阔独自伤心，眼泪往肚里流。

他茶饭不思，两个月后，他瘦了一圈。

两个月后，他又站起来。他骨子里的战斗力，不会让他倒下去。他一定要证明自己的能力给全世界的人看。

他深切反省，决定不在男女关系上再浪费时间。

他立定目标，要做一个成功人士。

2058年　以圣贤为楷模

海阔热衷于社会活动，活跃出席论坛，经常发表意见。

他能言善辩，说话滔滔不绝，头头是道。

他参加政党，争夺重要职位，却得不到党内的支持，失败而终。

他没有放弃，他一定要赢，但他遵守法律，不会不择手段。

海阔有两个优点，一是肯虚心学习，二是会深切反省。

他自我检讨，找不出自己失败的原因。

他向德高望重的党内元老请教："我要怎么做，才能得到人们的支持?"

元老叫他读圣贤书，以圣贤为楷模。

元老解释："古代圣贤，得到人们的爱戴。如果你以他们为榜样，有圣贤的品德，必会得到人们的支持。"

海阔读《论语》《孟子》等书，一字一字读，细心琢磨。

他读到这一句："得天下有道：得其民，斯得天下矣；得其民有道：得其心，斯得民矣⋯⋯"

他顿悟自己的失败，在于不得民心。他要得到人民的敬重，光会耍嘴皮子是没用的。他必须得到民心，必须为人民做事。海阔以律师的专业，为人民服务。

他义务为贫困人士申请福利，解决他们生活上的难题。他也为受压迫的工人打官司，为他们争取合理的待遇。

他的战斗力，为人民争取正义。他的好胜心，为人民争取胜利。

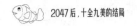

他打赢官司，不说"我赢了"，而是说"人民赢了"。

2066年　赢得漂亮

海阔为人民服务多年，终于飞黄腾达，获选为市长，当上了官。

他发表当选感言时，强调："做官就是要为人民做事。我不但要为你们做事，还要把每一件事情都做得漂漂亮亮。"

他知道，要为人民做事，才会赢。

赢得权位，就能为人民做更大的事。

海阔一生都在战斗，屡战屡胜，但他从不用肮脏手段。

要赢，就要赢得漂亮。

第 四 章

有点花 的 结局

2047年　追捕海阔

有点花一直没有发现自己的优点。

它不知道自己有什么优点。

它有花豹的身体，有花豹的速度，却没有花豹锐利的牙齿。

它有人类的眼睛、嘴巴和手指，却似乎没有什么用处。

它还有人类的头脑，让它会思考。

思考没有令它觉得自己更优越，只让它觉得更自卑。

它只能身体朝下，用四肢走路。

这让它觉得低人一等。

它在不一样游乐园，海阔对它的态度并不好。

海阔时常给它脸色看。

它和海阔以前曾经结怨。

有点花曾经用枪指着海阔，迫使海阔放过其他朋友。

海阔曾经鞭打过有点花。

有点花不记恨，海阔却记恨。

海阔被捕那天，有点花才发现自己的优点。

那一天，是它这一生的转折点。

那一天，下着滂沱大雨。

一群便衣警察在不一样游乐园出现。

他们要逮捕海阔。

海阔机警地逃入山林。

警察茫无头绪，不知海阔藏在哪里。

有点花挺身而出，说："我可以闻到他的味道，知道他在哪里。"

海阔的味道不香，但容易辨认。

有点花愿意协助警察，不是它记恨，而是为了正义。

它和蛋猫已经发现海阔的秘密。

海阔不是好人，他和国王暗中来往。

如果不把坏人捉住，其他朋友都很危险。

有点花凭它灵敏的嗅觉，引导警察队伍步步追踪。

他们进入山林深处，海阔走过的地方必留下味道。

味道越来越重，来自一棵大榕树底下。

大榕树底下，有一个黑魆魆的树洞。

有点花指着树洞对警察说："他躲在里面。"

警察把海阔揪出来。

海阔怒瞪着有点花，骂它："走狗！"

有点花不喜欢狗，更讨厌人家骂它是狗。

2047年　不想当警犬

警察向阿莫警长报告追捕海阔的经过。

阿莫警长竖起拇指，说："有点花，你是一个奇才，比警犬更厉害！"

阿莫警长拿有点花跟狗相比。

有点花听了灰头土脸，扭头就要走开。

阿莫警长把它叫住："有点花，比起警犬，你有什么优点？"

这还用说？太多了吧！

"我的嗅觉不比狗差。"有点花说。

"有过之，无不及。"阿莫警长同意。

"然后，我会说人话。"有点花又说。

"而且说得不错。"阿莫警长赞道。

"然后，我跳得比狗高，跑得比狗快。"有点花自信地说。

"对！"阿莫警长补充，"听说花豹一跃可达六米高，奔跑时速高达八十千米。"

阿莫警长一定是上网搜索过花豹的资料。

有点花又想到一个优点："然后，我能爬树。"

"是的。如果逃犯爬上高处，警犬只能在下面吠。"阿莫警长点头。

有点花再也想不到什么优点："然后，没有了。"

"有，"阿莫警长投来肯定的眼光，说，"你有人类的智慧。"

"然后，谢谢阿莫警长。"

有点花心花怒放。

阿莫警长问："有点花，你愿意当我的助手吗?"

有点花问："然后……然后，我做什么?"

阿莫警长说："你帮我捉坏人，为民除害。"

为民除害，就是英雄。

有点花想当英雄，但又觉得自己少了一件东西。

"好! 然后，你要给我什么东西?"

"你要工资?"阿莫警长笑着说，"没问题，给你发工资。"

"不是。我要的不是工资，然后，我要的是手枪。"

"你要手枪?"阿莫警长迟疑，说，"手枪是危险的东西，不是可以拿来玩的。这个……我需要考虑。"

有点花想，如果没有配枪，它只像一条警犬。

如果让它配枪，它就像一个警察。

它想当警察，不想当警犬。

"然后，你就回去考虑吧。"

有点花拿定主意，如果不给它手枪，它就不加入警队。

2047年 两个理由

阿莫警长说:"有点花,要是你能给我两个很好的理由,我就给你配枪。"

有点花说:"然后,我需要保护自己。然后,警犬有锐利的牙齿,别的花豹也有锐利的牙齿。然后,我没有。然后,我只有人类的牙齿。然后,我捉到逃犯,打不过逃犯,然后,我会被逃犯打死。"

"嗯。"阿莫警长认同,说,"这是一个很好的理由。再给我一个理由。"

"然后,手枪是给人类用的。然后,要用手枪,要有人类的头脑,要有人类的手指。然后,警犬没有人脑,没有手指。然后,警犬不能用枪。然后,我有人脑,也有人类的手指。然后,我能用枪。"

阿莫警长拍手说:"好!有点花,你真聪明。我可以给你手枪!"

"太好了!谢谢阿莫警长!"

阿莫警长又说:"不过,只有在你执行任务的时候,我才给你配枪。还有,你若开枪,只可以射逃犯的腿,不可以射其他地方。"

"Yes, sir。"有点花敬礼。

有点花又担忧起来。

要开枪射人腿，就要射得准。

要是枪法不准，怎么办？

"然后，你要教我开枪，让我练习，然后，我才射得准。"

阿莫警长心里有数，说："这个当然，我会把你送去警察学院，让你学习一年，等你毕业后，就可以成为正式警察。"

"哇！"有点花高兴得跳起来。

阿莫警长抬头看有点花跳的高度，叹说："哇！六米！"

有点花当天就跟随阿莫警长乘船离开不一样游乐园。

在同一只船上的，还有海阔。

海阔蹲在船舱里，铐上手铐，泪流满面。

这是作恶多端的人应有的下场。

有点花在甲板上，迎风而立，笑逐颜开。

这是正义的胜利。

2048年　有点花当阿Sir

有点花在警察学院以优异的成绩毕业，成为一名正式警察。

警察做得到的事，它都做得到。

警察做不到的，它也做得到。

它在警察学院里证明，它的本事和正常人无异。

在警察学院的推荐下，地方政府也颁发给它身份证。

它成为一个合法的人类，才有资格当警察。

其他人类不能再称有点花为"它"，只能称"他"或"阿Sir"。

他头戴警察帽子，臂上套着箍儿，箍儿上别着警察徽章。

有点花说："我是警察，然后，我不是警犬。"

他不是警犬，鼻子却不比警犬差，也能嗅出毒品的味道。

毕业后，有点花被分派到肃毒组任职。

在肃毒组，他的优点得到充分发挥。

2049年　夜巡全区

在肃毒组任职一年，有点花就成为警界红人。

有点花每到一个地区任职，必定夜巡全区。

他悄然无声地跑过每一条大街小巷，速度之快有如一阵轻风。

轻风掠过，毒品无所遁藏。

有点花闻到毒品味道，立即刹住脚步，入屋捉人。

毒贩若要逃跑，腿部必会中枪。

有点花一到，毒贩闻之丧胆。

他并不是固定驻守在一个地区，哪里需要他，他就去哪里。

2053 年 深山飞狐

有点花被调到国家边境。

他向警长报到。

警长叫吴能，请有点花吃晚饭，饭后对他说："有一个我们叫他'深山飞狐'的贩毒者，进出国界如入无人之境。我们拿他没办法，才请您过来帮忙。"

吴能警长让有点花观看深山飞狐的录影资料。

那是监控器拍摄的镜头。

深山飞狐飞越边境围墙，只见影子，不见其貌。

有点花问："通常他在什么时候越境？"

吴能警长说："午夜十二点之后，凌晨时分。"

有点花问："他在什么地方越过边境？"

"不一定，我们的边境有八十四千米长，九成是森林地带。我们无法掌握他的出没地点。"

"有没有人亲眼见过他？"

"有，见过他的影子飞过树梢，然后消失在森林树冠里。即使看得见他，也追不上他。他太快了。"

当天晚上，有点花叫吴能警长带他去边境。

他在围墙底下巡逻，来回快速奔跑。

跑了两趟，他就嗅到毒品味道。

抬头一看，果然看见黑影飞越围墙而过。

那个黑影消失在浓密的树冠中。

在森林里，树冠连接树冠，树冠黑如墨，形成一片黑色海洋。

若用肉眼，根本看不见黑影逃往何处。

有点花用灵敏的鼻子，准确地判断黑影逃窜的方向。

循着味道追去，捉到一只黑猩猩。

他反剪了黑猩猩的手臂。

黑猩猩挣扎着从树上掉落。

有点花跳下树，黑猩猩已经昏迷。

他用手电筒一照，才看见这只黑猩猩的脸。

这只黑猩猩长着一张人脸。

是小孙！

有点花多年前在不一样王国见过小孙。

他想不到这个王子居然做贼。

他把小孙交给吴能警长。

吴能警长说："这是猩猩啊！不是深山飞狐。"

有点花说："他身上带着毒品，你把他关起来再说。"

　　吴能警长把小孙关进警察局的囚室。

　　从此以后，深山飞狐销声匿迹。

　　困扰吴能警长多年的深山飞狐，有点花一个晚上就逮
捕了。

　　这个案子，成了警界的美谈。

　　这个案子，让有点花立下大功。

　　有点花被擢升为警长。

2055年　心境纯美

有点花警长更上一层楼，被委任为全国刑事侦查组副主任。

所有棘手的刑事案，地方警局办不了的，都交给他查办。

警界流传着这么一句话："有点花警长，没有破不了的案子。"

在民间，他也是家喻户晓。

人人都说："天下无坏事，只怕有点花。"

有点花警长不敢放松，立志要把所有坏人扫除，让世界更干净美丽。

世界当然不会因为有点花一个人而变得干净美丽，但可以肯定的是，有点花的内心世界是纯美的。

第 五 章

白马 的 结局

2047 年　白马给卖了

白马在这一年，好像走过了蜿蜒山路，曲折坎坷。

白马被关在乃猜的马厩里。

乃猜怕它飞走，用一条铁链锁住它一只脚。

它不能自由飞翔，也不能到处跑动。

偶尔，乃猜牵着它，让它和一匹母马相处。

这匹母马对它亲昵，发出呢喃之声，让它感觉到爱意。

隔壁马房有一匹棕色的骏马，皮毛亮丽，肌肉结实，步伐稳健，意气风发。

白马看了心里很喜欢。

棕马关心它，不时传来同情的眼神，让它感觉到另一种爱意。

有一天，海阔和余妈妈来马厩探望它。

命运的骤变，从此开始。

几天过后，乃猜去世，他的老婆大声号哭。

马厩里的马匹惊醒，齐声嘶鸣。

白马静默不叫，没有悲伤，没有快乐。

乃猜死后第三天，他的儿子从远方回来奔丧。

他的儿子叫蓬卡，长得还算俊俏。

蓬卡来马厩，只看白马。

蓬卡的眼睛深邃，装满敌意，好像杀死他父亲的就是白马。

蓬卡把白马卖了。

2047年　飞上山顶

白马被装在一个有窗户的货柜里，乘车又乘船。

蓬卡一路陪着它，千里迢迢日夜赶路。

蓬卡什么话都没跟它说，只想把它交给别人。

他们来到不一样游乐园。

白马看见余妈妈，喜出望外。

余妈妈抱着它说："白马……能够把你带回来……我太高兴了。"

白马又看见蛋猫，心情激动。

蛋猫是它的老朋友，和它同生共死。

它狂奔向蛋猫，和蛋猫相对而立。

蛋猫对它说："你看那一大片草地，都是你的。那就是你的跑马地，你爱怎么跑，就怎么跑。"

那是一片高高低低的坡地，绿草如茵。

白马好久没有尽情奔驰，呼啸而去。

它跑了两圈，四条腿还是那么灵活好使。

白马抬头望见山峰，想起昔日登山之威。

山峰太高，它不能一蹴而就。

好久没有飞翔，它估计可以分段飞，先飞到山腰，再飞到峰顶。

说飞就飞，白马展翅噗噗飞向山腰。

它在山腰歇一会儿，马蹄一蹬，又噗噗飞上山顶。

山顶有一座古老的建筑物。

白马降落在它的屋脊上，不小心踩落几片屋瓦，吧嗒吧嗒响。

建筑物里奔出一个人，全身黑油油。

不，不是人，是人头黑猩猩。

是国王！

国王剃了头，蓄了胡子，没穿衣服，露出一身毛。

他指着白马说："白马！你等着瞧……你不要跑……"

白马惧怕国王，四条腿不禁颤抖。

国王冲进屋里，拿了一把枪出来。

不好了！国王要开枪！

白马拍拍翅膀飞走。

国王一枪射来。

白马的一条腿被炸开，半边身体被灼伤。

它痛得在空中哀号，翻滚着跌下山脚。

2047年　装了义肢

白马被送到靖雯阿姨那里。

靖雯阿姨是兽医，替它治疗。

靖雯阿姨还给它安装了一条像真腿一样的义肢。

靖雯阿姨告诉它一个好消息："白马，你知道吗？你怀孕了。"

白马感到幸福，想起马厩里那匹棕马。

后来，某一天下午，靖雯阿姨问白马："你想不想回到蓬卡的马厩去？"

白马点头，后腿嘚嘚响。

靖雯阿姨通知蓬卡。

蓬卡来带它回去。

蓬卡在货柜里陪着它。

他说："我以前不知道你听得懂人话。现在，你听我说话，听得明白吗？"

白马点头。

"你认识井本医生？你们的国王？"

白马再点头。

"在山上开枪攻击你的是不是井本医生？"

白马又点头。

"谢谢你。"蓬卡感激地说，"你这么说就帮了我一个大忙。"

白马不明白它帮了蓬卡什么忙，它只不过点了三次头。

蓬卡说，他爸爸是被井本医生杀死的。

井本医生来向他爸爸索讨白马，被他爸爸拒绝。两人起冲突扭打起来，他爸爸就这样被井本医生杀死了。

蓬卡说："我从国外回来，听说爸爸的死是因你引起的，所以特别讨厌你。"

他怎么可以这么幼稚？

"后来我想通了。你是无辜的，你只不过是他们两人争夺的宠物，就不怪你了。现在，你确定井本医生住在山顶，我就有办法把井本医生绳之以法。谢谢你。"

蓬卡带白马回去后，对白马很好，不再用铁链把白马锁起来。

白马不但可以自由地奔驰，还可以自由地飞翔。

它也可以自由地探望它的丈夫和它的妈妈。

原来，那匹对它亲昵的母马就是它妈妈。

2048 年　生下马驹子

白马生下一匹棕色的马驹子，可惜马驹子没有翅膀。

白马想，马驹子没有翅膀也好，省事。

因为白马能和主人沟通，白马成了马群的领袖。

所有马都得听它的指挥，包括它的丈夫、妈妈和儿子。

作为领袖，白马整天很忙，没有闲下来的时刻。

白马能够为亲属和朋友作出奉献，吃苦也觉得甜蜜，日子过得每一天都很美丽。

2052 年　妈妈去世

白马的妈妈去世，享年32岁，算是长寿的。

白马当然伤心，好几天吃不下睡不着。

这时候它已经是五个孩子的妈了，不能一味沉浸于自己的伤感中。

它不只要照顾自己的孩子，还得领导马群。

这一年，马厩里已经有二十多匹马。

2054年　风起来访

风起来看它了。

风起现在是一个合法的公民，可以光明正大坐飞机来泰国。

不过，白马还是觉得奇怪，风起应该直接用翅膀飞来看它。

有翅膀还坐飞机，真是多此一举。

也许风起想模仿人类，放弃了不完全人类的长处，把自己的翅膀收进背包里，坐着飞机来。

白马见到老朋友，心情激动，马蹄踏个不停。

风起见到白马，却眉头紧蹙。

他心事重重，来向白马倾诉。

白马不觉得奇怪，它常常是别人倾诉的对象。

白马只会听，不会说，听了别人的秘密也不会说出来。

风起跟白马说："我要作一个重大的决定，可是得不到妈妈和豆白的支持，他们都坚决反对。我感到迷茫，出来散散心，不过，我并没有放弃我要做的事。"

白马认为，要散心，最好就是飞上天空。

白马不能说话，就以行动表示，率先飞起来。

风起跟着它飞，一直陪在它左右。

风起来之前，白马都是孤独飞翔。

这次飞翔有风起陪伴，感觉非常幸福。

风起可以不断地飞，白马还得落地停歇。

白马歇了三回，飞了三回，才看见风起的笑容。

风起心情好转了，飞翔果然管用。

风起高兴起来，谈起飞机。

他说："飞机可以飞到超过一万米高，那种高度是我们飞不上去的。太高了，氧气不足，我们不能呼吸。还有，上面太冷了，我们会被冻成冰块。"

白马听到这些感到很可怕。

风起又说："那么高的地方，我可以舒舒服服地坐在窗边望出去。看云层的变化，看天色的转变。白马，坐飞机让我大开眼界。"

白马终于明白，风起坐飞机，不是为了装成人类，而是为了体验生活。

它虽然对一万米没有概念，还是羡慕风起可以飞到一万米以上。

风起继续倾诉，告诉白马他那个痛苦的决定。

白马听了，替风起感到担忧。

2063年　千里共婵娟

白马已达垂暮之年，没有力气再领导群马。

它依旧是马群中最重要的长老，只有它理解主人的要求。

它是主人和马群沟通的桥梁。

晚年，最高兴的是老朋友到访。

这一年，风起又来找它。

风起带着妈妈、老婆和孩子一起来。

余妈妈十多年没有见到白马，对白马有很多话说。

风起带着老婆和孩子，跟马驹一起玩。

他们又跑又跳又飞，玩得挺开心。

余妈妈跟白马讲述蛋猫、出手、海阔、有点花、米娜等人的故事。

白马听得又哭又笑。

风起牵着孩子走过来，邀白马一起飞翔。

白马摇头。

它年纪大了，飞不动了。

它把儿子、媳妇和孙子叫过来。

它让儿子驮风起。

它让媳妇驮风起的老婆。

风起的孩子，则骑在它孙子的背上。

而它自己，驮着余妈妈走，让余妈妈继续说话给它听。

它带头走，儿子、媳妇和孙子排成一列，跟在它后面。

它和家人，驮着风起和家人，绕着草场走了一圈。

余妈妈在它背上说："这圆圆的一圈，就是一个圆满的句号。中文的句号就像一轮明月。"

白马虽然听得懂人类说话，却不明白什么是句号。

现在余妈妈告诉它了，句号就是圆圆的一圈，像一轮明月。

余妈妈心血来潮，吟咏一首古词："明月几时有，把酒问青天……人有悲欢离合，月有阴晴圆缺，此事古难全。

但愿人长久，千里共婵娟。"

余妈妈朗诵完毕，逐句给白马讲解。

白马很认真地聆听，觉得这首古词很有意思。

它虽然不甚了了，但很有感觉。

朦朦胧胧，感觉很美。

风起他们走后，白马还忘不了这首古词。

它记不全，只记得最后一句。

这一句改变了白马。

现在，它不只是一匹懂得听人话的马，还是一匹懂得诗词的马。

它是世界上唯一的"诗马"。

每每夜晚出现明月，白马就会想起这一句："但愿人长久，千里共婵娟。"

第 六 章

蛋猫 的 结局

2047年　人类不了解老虎

不一样游乐园出事后，蛋猫跟随风起回家。

风起的家是一幢三层大楼，第二层有一座长桥，通往五十步笑百步岛。

蛋猫就住在五十步笑百步岛上。

这个岛很小，有一座瞭望台、一个狗坟墓和五棵大树。

蛋猫和白马去年也曾经住在这个小岛上，如今回来，大树依旧在，瞭望台没损坏，狗坟墓一样是一个硬石块。

唯一不一样的是，青青草地上，种了一丛丛的牛肉菇。

这里的牛肉菇，由豆白负责种植。

豆白带蛋猫来这里时，指着牛肉菇沾沾自喜地说："蛋猫，你看，满地都是食物。你不必担心挨饿了，高兴吗？"

"高兴。"

蛋猫口是心非。

小岛堆满牛肉菇，蛋猫活动的空间变小了。

蛋猫在这里，不能跑，不能跳，只能小心翼翼地慢慢走。

以前走五十步到一百步，现在走五步都困难。

行动受到限制，还高兴？

蛋猫觉得，人类实在不了解老虎。

2047年　老虎不想做人类

老虎也不了解人类。

蛋猫在五十步笑百步岛上沉思，人类的某些行为让它无法理解。

海阔可以跟国王秘密约会，却告诉大家国王死了。

瑜美表面上跟风起要好，暗地里偷偷跟国王见面。

人类的虚假，蛋猫不理解也不喜欢。

蛋猫要做一只老虎。

它是半人半老虎。

它在不一样游乐园时，和人类在一起，忘了自己是一只老虎，把自己当作人。

它做人做太久了，觉得累。

蛋猫想脚踏实地做老虎。

就像出手，出手喜欢做海豚。

出手和海豚谈恋爱，嫁给一只海豚，才体会出生命的意义。

蛋猫想念出手。

出手中枪之后，蛋猫以为出手死了。

蛋猫痛彻心扉，好像掉进一个深坑，在里面暗无天日。

有一天傍晚，风起从长桥那边来五十步笑百步岛。

他对蛋猫说："有一件事情，我忘了告诉你。出手还活着。"

"她还活着？为什么没有回来找我们？"

"不知道。我在灯塔那里遇见她，她还好好的。"

风起向蛋猫叙述他遇见出手的情形。

蛋猫听了之后，仿佛从深坑爬出来，重见天日。

它忽然想通了出手不再回来的原因。

出手不想再见到人类。

她讨厌人类，人类欺骗她。

她害怕人类，怕人类伤害她。

出手放弃人类的生活，回去和她的海豚朋友在一起。

出手在大海里，有朋友，有丈夫。

她的生命有意义。

她说过，她生命的意义就是爱情。

2047 年　生命的意义

蛋猫羡慕出手。

　　蛋猫在这个小岛上，没有朋友，没有老婆，生命没有意义。

　　它在想：我生命的意义是什么？

　　去年，蛋猫在不一样游乐园演出，给人类带来欢愉。

　　那时，它生命的意义就是为人类作出贡献。

　　今年，不一样游乐园关闭了，它又被打回原形。

　　生命还有什么意义？

　　它必须找到一个活着的意义，要是没有意义它就白活了。

　　一个乌云密布的下午，豆白来看她种的牛肉菇。

　　豆白看蛋猫蔫头蔫脑的，问蛋猫："你不舒服？"

　　蛋猫答非所问："生命没有意义。"

　　豆白含笑走过来，问："为什么生命没有意义？"

　　"我在这里，生命没有意义。"蛋猫坦诚地说。

　　豆白问："那么，你想去哪里生命才有意义？"

　　蛋猫说出理想："我想去一个地方，一个有老虎的地方。我有老虎做朋友，生命才有意义。"

　　"你想要朋友？"豆白感到怀疑，说，"我以为老虎是喜欢单独行动的动物，不喜欢成群结队。"

　　蛋猫羞涩地说："其实，我只想找一只老虎做伴。一只就够了。"

　　"你想要找一个老婆？"豆白问。

　　"是。"蛋猫诚实地点头。

"那我叫靖雯阿姨帮你找一个。"豆白认真地说，"好吗?"

"不不不! 不好!"蛋猫想起一件事，心如刀割，忙说，"不用了，真的不用了。"

豆白说："这事不麻烦，靖雯阿姨很乐意帮你的。"

"没用了!"蛋猫吼道，"我被阉割了，不能娶老婆!"

蛋猫说完，伏在地上，用两只虎掌把眼睛捂住。

豆白默默离去。

2048年　给两个要四个

蛋猫认命了，作为一只被阉割的老虎，不可能找到爱情。

它不能像出手一样，把爱情当作生命的意义。

它的生命还有什么?

它会唱歌。

唱歌没有知音，没有意义。

它有一个小小的脑袋，会思考。

思考只带来了痛苦，没有意义。

它有鼻子，会呼吸。

呼吸，只是为了活着。

活着，就为了呼吸?

蛋猫什么都没有，活着的意义就是呼吸。

一个晴朗的上午，蛋猫伏在地上专心地呼吸。

靖雯阿姨从长桥那边走过来。

蛋猫立正，以示尊敬。

靖雯阿姨躲在树荫下，说："蛋猫……有好消息……"

什么好消息？

"动物园里，有一对孟加拉老虎……"

这个豆白说过。

豆白曾经问它，要不要去动物园和它们交朋友。

它不想当第三者，拒绝去见它们。

"那对孟加拉虎生了一只虎崽……"

多么幸福啊！

听了让人羡慕又妒忌！

"那只虎崽七个月大了，是雄的，动物园决定阉割它。"

这算什么好消息！

可怜的虎崽，将失去终身幸福。

它们同病相怜。

"蛋猫，我可以把虎崽的睾丸移植到你身上，那么你就可以重振雄风了。"靖雯阿姨眼中闪着希望的光芒。

"太好了！"蛋猫没有想到有这么好的事情，旋即又觉得不好，说，"不！不行！我不能接受。"

"为什么你不能接受？"

"我不能夺去它的幸福。"

"它还会很幸福啊。"

"它将失去爱情。"

"它还没有成年的时候，根本不知道什么是爱情。既然不知道爱情的存在，就不会有失去的感觉，不会痛苦。"

蛋猫不相信它不会痛苦。

"它长大后就会知道。我以前被阉割，现在都知道。我很痛苦，觉得被阉割是我一生中最遗憾的事。"

靖雯阿姨说："它跟你不一样。你有人类的脑子，会学习，会思考，才会遗憾。它只有老虎的头脑，不会想那么多。"

蛋猫反驳："你又不是老虎，怎么知道它不会想。"

靖雯阿姨的专业被质疑，生气了，说："蛋猫，你不要就算了。"

蛋猫愣住，发觉自己冒犯了靖雯阿姨，说："对不起。"

靖雯阿姨转身走开，背向蛋猫说："没关系，不管你要不要，那只虎崽一样会被阉割。"

对啊！就算蛋猫不要，也不能救它。

靖雯阿姨走到长桥中间。

蛋猫追了上去。

"靖雯阿姨。"

她停下脚步。

"你又有什么要求?"

"我……"蛋猫支支吾吾说,"我要……那只……虎崽的……的……"

"想通了?"靖雯阿姨转过身来,摸摸它的头,笑着说,"好吧,我安排时间帮你做移植手术。"

蛋猫跪下来叩头:"谢谢靖雯阿姨,你是我的再生父母。"

2049年　也有机会飞

蛋猫没有想过,它也有机会飞。

以前它看风起飞,多么渴望飞翔。

现在乘坐飞机十多个小时,才知道飞翔不好玩。

它感到眩晕反胃,耳朵刺痛,真不知道风起如何忍受。

它这一趟离开,再也不会见到风起他们,心中十分不舍。

在飞机上,它的眼睛总是湿的。

它不能不离开,它要去寻找它生命的意义。

2049年　爱情太过分

靖雯阿姨安排它来到大林勃勃公园。

大林勃勃公园是亚洲的一个野生动物园。

蛋猫在这个公园里，拥有六十平方千米的地盘。

它可以在这么大片的土地上任意奔驰。

比起在五十步笑百步岛，真的太幸福了。

蛋猫的地盘毗邻另一块地，也是六十平方千米。

那块地被均分为三个二十平方千米的区域。

每个区域养一只母老虎。

三只母老虎都是蛋猫的老婆。

蛋猫跟其中一个老婆相处的时候，活动范围增至八十平方千米。

在这八十平方千米里，它找到生命的意义。

蛋猫找到了爱情。

只是，爱情太过分了！

蛋猫并不想娶三个老婆。

它想要爱情，一个老婆就够了，太多老婆会添乱。

娶三个老婆，是岱哥博士的主意。

2049 年　两者兼得

岱哥博士是蛋猫和三个老婆的主人。

他专门研究老虎。

他要蛋猫娶三个老婆，不是为了给蛋猫更多爱情，而是为了让蛋猫传宗接代。

孟加拉老虎濒临绝种，蛋猫得加倍努力。

要把母老虎征服，并不是容易的事。

岱哥博士给蛋猫三只母老虎，是担心蛋猫无法征服它们。

蛋猫接受了这个神圣的任务。

它要为孟加拉老虎开枝散叶。

蛋猫对于岱哥博士来说，很有意义。

蛋猫不但是他的研究对象，也是他的研究助理。

蛋猫会说人话，解答了岱哥博士很多疑惑。

岱哥博士对于蛋猫来说，也很有意义。

岱哥博士不但是它的主人，还是它的好朋友，一个人类的朋友。

蛋猫作为半人半老虎，需要人类也需要老虎。

人类作为朋友，老虎作为老婆。

两者兼得，是最佳安排。

蛋猫在大林勃勃公园，改了一个名字，不想再叫自己蛋猫。

它对岱哥博士说："我叫有二，叫我有二。"

它在这里，乐不思蜀。

2050年　九喜临门

蛋猫找到了爱情。

爱情也是一门学问。

蛋猫奋斗了几个月，才把三个老婆一一征服。

这一年，九喜临门。

每个老婆给它生三个孩子，三个老婆给它生了九个孩子。

大林勃勃公园新添了九只虎崽。

一下子来了九只虎崽，岱哥博士头疼了。

岱哥博士说："要养大九只虎崽，经费是一个大问题。我们需要爱心人士慷慨捐助，出钱领养。"

他在网上发布消息，征求领养者。

为了吸引人转发，他也在网上介绍这九只虎崽的爸爸。

蛋猫说话的视频在网络被疯传。

蛋猫字正腔圆地说："我叫有二，来到大林勃勃公园已有一年。这一年里，我交了三个女朋友，不小心生下九个孩子。现在面临窘境，没有办法养育孩子，请各位朋友慷慨解囊。我给你们唱一首歌……"

蛋猫唱它在不一样游乐园的成名曲。

消息发出去，有一个叫芭芭拉的女士爽快回复。

芭芭拉女士说，她愿意领养九只虎崽。

芭芭拉女士按月汇款过来。

岱哥博士说："没有遇过这么好的人。有二，你的魅力真大。"

蛋猫猛摇尾巴。

2051年　幸福美满

芭芭拉女士专程来看虎崽。

岱哥博士去机场把她接到大林勃勃公园。

芭芭拉女士一下车，不急着看虎崽，却要先探望蛋猫。

蛋猫看见芭芭拉女士，着实吓一跳。

芭芭拉女士身体庞大，头发如蜂窝，头却很小。

　　她笨拙地奔向蛋猫，好像一辆冲过来的卡车。

　　她摸蛋猫的头，问："蛋猫，你好吗？"

　　蛋猫礼貌地回答："我很好，谢谢你。"

　　岱哥博士纠正芭芭拉女士，说："它叫有二。"

　　芭芭拉女士搂着蛋猫的脖子，在它耳边说："有二蛋猫，你辛苦了。"

　　蛋猫回答说："不辛苦，我觉得幸福美满呢。"

第七章

出手的结局

2047年　查出真相

出手的身体像宽吻海豚，只是没有海豚的胸鳍。该长出胸鳍的地方，长出人类的手臂，而且比人类的手臂更长。

蛋猫曾经这么形容出手："我看你远远游过来，像一只小龙虾。"

出手回答它说："人不可貌相，海豚不可看外表。我有人类的头脑。"

蛋猫回答："我也有。"

"我的头脑比你大。"出手脱口而出。

蛋猫蔫了。

出手忙说："对不起。"

蛋猫因为自己只有二百五十克的脑子而自卑。

出手其实不知道自己的脑子有多大。她额部隆起，一看就知脑子大。风起说过，海豚的头脑比黑猩猩还大，此话应该不假。

风起不会说假话。

　　就算风起不说，出手也觉得自己脑子不错。她会说人话，会唱人类的歌曲，还会弹人类的竖琴。她每天下午在不一样游乐园的表演，赢得人类如雷的掌声。

　　出手和其他海豚一样，乐于助人。乐于助人，是她的优点，也是她的缺点。她过于热心，差点儿要了她这条命。

　　她听余妈妈说，海阔行为异常，常在半夜十二点悄悄出海。

　　余妈妈还说：“最近一个多月，我做了记录，发觉海阔每次晚上出海，不是星期二，就是星期五。他每个星期二和星期五准时出发，是不是巧合？”

　　余妈妈说这话时恰好是星期二傍晚。

　　出手要帮他们查出真相。

　　午夜，她埋伏在海边。海阔乘着电瓶船出海，出手跟踪在后。海阔在大海上兜一圈，又转头回来。他没有回不一样游乐园。他到了山崖边，把电瓶船驶入崖壁一个山洞。这个山洞不是什么深深的洞穴，只是崖壁凹进去的一个窟窿。

　　出手白天也看过这个山洞，不觉得有什么稀奇。

　　海阔躲在黑暗的山洞里，久久不出来。难道里面早已藏了一个人？出手在一旁等待。她相信不管里面有什么人，他们一定会出来。

　　出手就是要查出和海阔约会的人到底是谁。

出手不怕长时间等待，她可以一边等一边睡。

出手虽然有人类的头脑，却像海豚一样，左右脑可以轮流睡觉。海豚一边头脑睡觉时，另一边头脑还醒着。出手也如此，睡觉时，可以睁开一边眼睛观察山洞。

一个手臂很长的黑衣人从山顶上爬下来。这个人有黑猩猩的身体。虽然他剃光了头，留了大胡子，出手还是认得他。他是井本医生，是出手的敌人，是大家共同的敌人。

海阔说过，井本医生已经去世，被军人击毙了。原来这只是谎言，井本医生还活着。

海阔和井本医生约会，是一个重大发现。出手很满意自己的收获。

她回到深海，和丈夫以及其他海豚相聚。丈夫和其他海豚都是普通海豚，听不懂人类的话，也不管人类的事。

出手不会跟它说什么，说也只是对牛弹琴。

2047年　受到枪击

第二天一早，出手就想回不一样游乐园，把消息告诉余妈妈。

不过，这样唐突地出现，会引起海阔的怀疑。海阔毕竟是不一样游乐园的主管，会来找碴儿。出手不想节外生枝，便改变主意。

　　她像平时一样，早上找鱼吃，吃饱后，下午才去不一样游乐园。

　　下午，出手到了海湾，在水里按按钮，向监控室报到。接着，她打开水里的抽屉，拿出竖琴，等待出场。

　　水里的扩音器播出蛋猫的歌声。蛋猫唱完第一首歌，第二首歌就轮到出手和蛋猫合唱。蛋猫唱了第一句，出手正要露出水面唱第二句，却瞥见水里一个影子游过来。

　　她把头缩回水里看清楚。只见海阔在水里，持枪对着她。海阔要暗杀她！

　　出手转身赶快逃走。

　　一道红光向她射来。

　　她来不及游开，只好往上蹿。

　　她还是躲不掉，一只手臂被炸开，那种痛楚，终身难忘。

　　她跳出水面，痛得全身扭曲，手里的竖琴被抛开，半边身体如被火灼烫。

　　跌回水里后，她落荒而逃，往大海急速游去。

　　离开了不一样游乐园，她心有不甘，再跳上去，怒吼一声，以泄心头之愤。

　　她忍住伤痛，回到海豚群中。

2047年　海豚比人好

丈夫的头凑过来，轻轻摩挲她的头，用充满爱意的声音安慰她。

海豚的语言虽然简短，含义却丰富。

丈夫轻轻叫一声就诉尽情意，让出手感受到丈夫在意她、理解她、同情她、心疼她……

陪伴丈夫的海豚群并不固定，多则六七只海豚，少则三四只。另一只海豚，也挨到出手身边。它很识趣地靠在出手右边。

出手左边的肌肤严重受创，虽然没有被枪直接击中，但也被余光波及，如遭烈火烧伤。

被灼烧后，伤口再受咸咸的海水侵蚀，痛楚的感觉没有休止。

那只陪伴它的海豚说，它也有过同样的经历，一切都会过去。

那只海豚，曾经被鲨鱼攻击，身上被咬去一块肉，血流如注，现在也没事了。

海豚和人类不一样，它流血后会自动止血，受伤后会自动痊愈，无须治疗，无须服药。

持久的痛楚，毁了出手的食欲。每天早上，海豚各自找东西吃，出手却不想动。出手没有胃口，什么都不想吃。

以前在海里，觅食太容易，无须特地去找，静静待在一个地方，鱼群自动会送上来。

现在海水污染严重，鱼虾数量骤减，要填饱肚子，就得先付出劳动，四处找寻。

出手不想去找，把自己搁浅，鼻子露出水面，嘴巴不断呻吟。

她没有想过会受这样残酷的折磨。她也没有想过海阔这么心狠手辣。她不计酬劳，为不一样游乐园无私地奉献，却得到这种回报。

海阔恩将仇报，连一只海豚都不如。海豚至少比人类好。

2047年　分享更快乐

她的海豚丈夫觅食回来，嘴巴衔着一尾白色大鱿鱼。出手最喜欢吃鱿鱼了。

丈夫把鱿鱼塞入她嘴里。她感动得想哭。她没有吃过这么鲜甜的鱿鱼。

这么好吃的东西，怎么可以独享？她紧紧咬着半尾鱿鱼，把另一半推给丈夫，硬要丈夫开口吃。和丈夫共享一尾大鱿鱼，出手忘却自己身上的伤痛。

她的眼前，出现温馨的另一幕。

四个海豚朋友，驱赶着一群鲭鱼过来。它们叫出手快来吃。出手和丈夫游过去，包围着鲭鱼。海豚朋友忽然惊叫，呼喊大家快逃。出手后面冒出一只大鳄鱼。大鳄鱼张开嘴巴去吃鲭鱼。海豚朋友都很生气，围着大鳄鱼，要跟它拼命。

出手看见大鳄鱼的四肢，赶快阻止海豚朋友。她拥着朋友们离开，不跟大鳄鱼争。这只大鳄鱼，有人类的手脚，是不完全人类，出手不想攻击它。

2047年　半人半鳄鱼

出手的伤口渐渐愈合，精神好多了。

她还不时遇见半人半鳄鱼。半人半鳄鱼厚颜无耻，爱占便宜。

海豚朋友找到鱼群，它就来蹭餐。海豚朋友都很讨厌它，出手却认为它必定有苦衷，不跟它计较。

出手不敢再回不一样游乐园。一朝被蛇咬，十年怕井绳。她怕了，一次就够了。上次命大，只是断了一只手。

如果再来一次，恐怕会连命都丢了。

海阔那把枪，威猛无比，一点儿都不好玩，还是别去惹好。

她恢复体力后，经常游到不一样游乐园附近的海域。

不是她想回去看，而是习惯成自然。

有时游着游着，不知为什么，自然而然地就往那个方向游去。

2047年　遇见风起

在一个下着大雨的下午，出手游到不一样游乐园附近。

天空出现一个熟悉的影子。是风起的影子。风起手中抱着一个人。

出手看不清楚那个人是谁。烟雨蒙蒙，他们的影子掠过上空。出手不知道风起飞往哪里，随着他们的方向游去。

如果找得到风起，她要告诉他，井本医生还没有死。

找了好久，雨都停了，出手还是找不到风起。她快要放弃的时候，忽然想起白色灯塔。风起会不会在白色灯塔那里？

出手往白色灯塔游去，天已渐渐暗下来。白色灯塔只露出两个窗口，风起坐在上面那个窗口。下面那个窗口也有一个人影。那个人影趴在窗上，在风起的阴影之下，朦胧不清。

会不会是瑜美？如果是瑜美，出手就不想过去了。

瑜美是井本医生的女儿，她总是偏袒着爸爸。若出手揭露她爸爸的秘密，她可能不高兴，对出手发脾气。

出手游得更近，看清下面那个人是井本医生。

为什么风起也跟井本医生在一起？难道风起早就知道井本医生没有死？风起也和海阔一样，和井本医生同流合污？

出手悲愤，觉得自己被出卖了。她要去讨一个说法。

她游得更近，看得更清晰。井本医生拿枪指着风起。他在威胁风起。风起是被他挟持来此的。

出手潜入水内，游到塔边，攥住井本医生握枪的手臂。

她扭转井本医生的手，大声喊："风起王子！快逃！"

她又做了一件好事，救了一个人。

风起逃生了。

出手夺了井本医生的枪，把井本医生杀了。

她不知道这是一件好事还是一件坏事。

出手解下井本医生的腰带，腰带上有一个枪套。她把腰带绑在尾鳍前的尾巴脖子上，把手枪插在枪套里。

从此，出手去到哪里，都佩带手枪。

2050年　遇见瑜美

三年过后，出手对不一样游乐园的恐惧感逐渐消失。她忍不住又去不一样游乐园看看。

不一样游乐园已经改变。不一样游乐园不再是游乐园，海湾也收拾得干净多了。

出手遇见瑜美。在瑜美逼问下，出手坦承杀死她爸爸。瑜美愤然把她赶走。

"你给我滚，我不要再看见你！你再不走，我叫海阔杀死你！"

出手是想去和解的，不是想去结仇的。既然人家不欢迎，只好不再见面。

不和他们见面，不表示不再到那个地方去。出手选择夜深人静的时候，自己独个儿去那里。她主动帮助瑜美做一点儿事情，释放善意。

2053年　为民除害

转眼又是三年。

出手还是常常会去海湾附近闲逛。那里不再是游乐园，却仍然有很多游客。

出手发觉，大鳄鱼也来到海湾。大鳄鱼发狂袭人。出手忍无可忍，拔出手枪，把大鳄鱼击毙。

管石在岸边大声喊："出手！"她的喜悦表露无疑。

六年前，管石负责管理不一样游乐园，出手是她的下属。她给出手的印象就是严肃冷漠，从来没有像今天那么热情。

出手游过去，把自己搁浅在岸边。

管石蹚水过来，怜惜地摸着出手那只断臂，说："出手，我们都以为你死了。你伤得那么厉害，流那么多血。"

出手说："海豚的身体特别棒，修复功能非常好。我们受了伤，都不药而愈。"

管石埋怨说："你没有死，就应该回来看我们。我妈妈等你回来，没等到你，哭得眼睛都肿了。"

"你妈妈真是好人。"出手很感动，哽咽说，"我不是不想回来，是不敢回来。我怕遇见海阔，怕海阔又给我一枪。"

管石骂道："你真糊涂！还怕什么？海阔在六年前就被警察捉走了。这六年来，他都不在这里。你不来查明真相，自己担惊受怕，多么愚昧啊！"

管石不能理解出手心里的恐惧感。

海阔对她的伤害，是一个抹不去的梦魇。

"其实……"出手本来想告诉管石，三年前来过这里，是瑜美把她赶走的，瑜美还说要叫海阔杀死她。

她把这些话及时吞回肚子。

这些，就甭提了，不然只会引起她们姐妹俩吵架。

"出手！出手！"余妈妈从水上房子那里奔跑过来。

出手把身体蹭上岸，伸出长长的手臂。

余妈妈把她的手臂抱在胸口，哭着喊："我以为你死了，我以为你死了呢！你能够回来，太好了！"

出手说："我回来了，不再离开了。"

2053年　一件美差

出手每一个下午都回到海湾来。她和余妈妈有说不完的话。

余妈妈和管石都欢迎出手回来，只有瑜美似乎有意避开出手。

出手在海湾当保安，确保游客不会受到其他动物的攻击。

出手为民除害的事，受到媒体表扬，把出手夸为英雄。游客见到出手，称她为"出手英雄"。每个来海湾的游客，都要和出手英雄合影。

出手成了海湾里的风云人物。出手非常满意，愿意一辈子当保安。她愿意留下来，不是为了游客的赞美，而是为了助人。

出手就有那种海豚精神。对于海豚来说，有机会帮助别人，就是一件美差。

第 八 章

出人头雕 的 结局

出人头雕在2045年失踪，故事得从2045年说起

2045年　愤然离去

出人头雕有人类的头，老鹰的身体。

他是国王的保镖，守在国王身边，唯命是从。

他对国王忠心耿耿，直至发现了国王的毒计，才愤然离去。

他无法忍受国王养毒鸟，利用鸟类杀死人类。

他离开前，对蛋猫说："不管人类害死鸟类，还是鸟类害死人类，我都受不了。我有一半是人类，有一半是鸟类，我怎么能够看着人类和鸟类互相残杀？"

出人头雕离开不一样王国，来到人类的世界。

就在这一年，毒鸟被小孙释放，禽流感爆发。

人类展开杀鸟行动，对鸟类赶尽杀绝。

出人头雕就这么不巧，遇上这场灾难。

幸亏他有人类的头脑，比一般鸟类聪明，发觉人类开始杀鸟，就走为上策。

他即刻离开人群，躲进森林里。

人类连森林里的鸟类也不放过，他们利用无人飞机在森林上空喷射毒雾。

出人头雕见状，唯有捏着鼻子飞走，逃向大海。

2045年　躲在塔里

出人头雕在大海上找到半截灯塔。

灯塔本来在岛礁上，去年大水来袭，把灯塔的下半部淹没。

塔门被淹在水底下，人类进不去了。

出人头雕躲在塔里，就可以躲避人类。

他钻入灯塔的窗口，躲在黑暗的角落。

到了晚上，他发现一件不可思议的事。

他以为废置了的灯塔不再能用，没想到它居然还会射出亮光。

灯塔的光束三百六十度旋转。

这一来，四面八方的人都会看见灯塔。

灯光太抢眼，当然不是好事。

出人头雕从黑暗的塔身飞出来，飞进塔顶的灯室。

他用人类的头脑思考，把灯座下面的电线拔出来。

电灯果然熄灭，灯座也不再旋转。

出人头雕，还真有头脑。

他白天躲在塔里黑暗的角落，晚上出来觅食。

他不能下水捕鱼，只能在塔边挖牡蛎吃。

牡蛎腥味重，吃得他想作呕。

他苟且偷生，不能对食物有太高的要求。

在塔里，他无所事事，不是睡觉就是放空，再不然就想起往事。

往事不堪回首，越想越生气。

他小小的头脑，思路仍然清晰。

他明白，一切灾难，都是国王造成的。

国王制造病毒，养毒鸟，祸害人间，殃及鸟类。

他对国王恨之入骨。

2046年　被瑜美发现

出人头雕以为他躲在远离人类的大海里，不会被人类发觉。

他没有想到，某一天，瑜美也钻进灯塔。

瑜美虽然不是人类，也算半个人类。

瑜美来时，出人头雕躲在黑暗的角落。

瑜美并没有看见出人头雕。

出人头雕成功躲过人类的眼睛，太高兴了。

他忍不住要向瑜美炫耀。

在瑜美离开之前，他喊了一声："瑜美公主！"

瑜美回过头来，出人头雕就后悔了。

出人头雕暴露了自己。

他要求瑜美保守秘密，不要告诉别人他在这里。

瑜美恪守承诺，没有把秘密说出去。

瑜美偶尔会来探望他，和他说话。

她是国王的女儿，站在国王那边，替国王辩护。

瑜美是非不分，帮亲不帮理。

这是出人头雕不能忍受的。

每次见面，他们都因国王的事吵架，闹得不欢而散。

在出人头雕脑袋里，只有正义和邪恶。

他是正义的，国王是邪恶的。

瑜美站在国王那边，就是站在邪恶那边，和他对立。

出人头雕不想见到邪恶那边的人。

他不想见到瑜美。

2047 年　提心吊胆

瑜美也不喜欢出人头雕。

奇怪的是，她喜欢和出人头雕说话。

有一天，瑜美又来了。

出人头雕躲在黑暗里，不想现身。

瑜美叫他，他不回答。

瑜美竟说："出人头雕，你死了吗？"

瑜美就是喜欢吵架，故意来找他吵架。

瑜美说出人头雕很臭。

出人头雕不甘示弱，说国王更臭，说国王该死。

瑜美对他撂下狠话："你要再骂我爸爸！我拔光你的毛！"

这一次，他和瑜美吵得最凶。

这让他后怕，担心瑜美会揭露他的秘密，带人类来杀死他。

接下来的日子，他活得提心吊胆，天天担心人类的出现。

2047年　冤家路窄

一个昏暗的下午，天气恶劣，刮起狂风暴雨，卷起滔天大浪。

出人头雕的羽毛被雨水淋湿了。

他躲在塔里，从没被雨水淋过，这一天羽毛湿了，让他觉得不祥。

他提高警惕。

雨渐渐小时，他看见了风起。

风起朝灯塔飞来。

风起不是单独飞来，他抱着国王。

出人头雕愣住了，不敢相信自己的眼睛。

国王把头发剃光，留着大胡子，穿黑衣黑裤。

他瘦了，瘦得不成人形。

他本来就没有人形，就是一只瘦猩猩。

天大地大，偏偏冤家路窄，风起把国王送到他眼前。

天堂有路你不走，地狱无门自来投。

哼，今天不是你死，就是我亡。

出人头雕情绪高涨，做好决斗的准备。

那天，海水也高涨，灯塔只剩下两个窗口露出海面。

风起把国王放在第二个窗口，自己坐在第一个窗口。

出人头雕躲在暗处，风起和国王看不见他，他却看得见他们两个。

敌明我暗，出人头雕占尽优势。

风起把屁股塞在窗口，手脚和翅膀留在塔外。

国王趴在窗上，一手握枪，一手捉住风起的脚踝。

国王的枪，指着风起的身体。

风起不是自愿带国王来的，他是被国王逼的。

风起在正义这边，国王在邪恶那边。

出人头雕等待时机，攻击国王，拯救风起。

他维护正义。

他心情澎湃，仿佛在塔里苦熬两年，就是等待这一天。

2047年　要救风起

雨停后，他们两人开始说话。

风起问国王："你在等什么?"

国王回答："我在等瑜美。"

风起又问："如果瑜美没有过来呢?"

国王回答："我就等到天黑，等那些警察走了，让你带我回去。"

出人头雕听见国王奸笑。

听了他们这四句话，出人头雕理出头绪。

国王挟持风起来这里，因为警察要追捕他。

国王不信任风起，他要等瑜美来。

如果瑜美来了，他也许会杀死风起。

如果瑜美不来，国王就要等到天黑，人家看不见他了，才叫风起带他回去。

他把风起当作交通工具。

风起带他回去后，可能会被他杀死。

出人头雕一定要拯救风起。

他要等一个下手的机会。

他必须快、准、狠，一次就解决了国王，不能给他第二次机会。

国王若有第二次机会，必会一枪把出人头雕击毙。

2047年　出手出现

天渐渐暗下来，出人头雕还没有等到一个好机会。一个尖锐的声音从塔外传来。

"风起王子！快逃！"

那是出手的声音。

国王骂道："出手！你找死！我杀死你！"

接着，出人头雕听见国王一声惨叫，风起拍拍翅膀飞走。

风起飞走后，上面那个窗口空了。

出人头雕通过窗口，看见出手。

出手的一只手攥住国王的右手腕。

国王的右手握着一把枪，枪口射出一道红光。

红光经过之处，海水嗞嗞响，冒起滚滚白烟。

风起回头飞来，要帮助出手。

出手喊道："风起王子！你快走！我没事！"

风起逃走后，国王腾出左手。

国王说："出手，你死定了。你现在只剩下一只手，我有两只手。那天海阔一枪没有把你打死，今天我要给你补一枪。"

出人头雕看清楚了，出手处于劣势。

出手只剩一只手臂，另一只手臂断了。

国王用左手攥住出手的手，使劲一扭。

这一扭，扭转了局势。

出手反而被国王捉住。

国王另一只手还握着枪，笑着说："哈哈，出手，你死定了！"

这就是出人头雕等待的时机。

2047年　没有感到高兴

出人头雕以迅雷不及掩耳之势飞下去，用爪子猛抓国王的脸。

国王痛得大叫，放开出手。

出人头雕不放松，两只爪子不停地乱抓，抓得国王一脸血。

国王睁不开眼睛，张开血口吼叫："谁？"

出人头雕不想让国王死得不明不白。

他就是要让国王知道，他也有栽在出人头雕手里的一天。

他报上名字："我是……出人头雕！哈哈……我等

你……等很久了！"

国王死到临头，还不忘用英语问话："Why?"

出手夺走国王的枪，喊道："出人头雕，你让开！"

出人头雕飞进塔里，躲在阴暗处。

出手喊道："不！里面危险！你出来！"

出人头雕飞出塔外。

国王的身体忽然发出一声闷响，一道灿烂的火花从他背后喷出来，穿透砖墙，把塔里照得通亮。

火花熄灭后，砖墙上多了一个圆洞。

国王靠着塔里腐朽的旋转梯，一动也不动。

出手在塔外问："死了吗?"

出人头雕说："不知道。他没有动……好像死了。"

出手的身体太大，钻不进窗口，但她的手很长，可以伸手摸到国王的身体。

她摸了一会儿，说："死了。"

出人头雕说："我们……报仇了。"

出手也说："我们报仇了。"

但是他们似乎没有感到高兴。

2047年　和出手说话

出人头雕和出手虽然认识多年，但几乎没有说过话。

他和出手曾经是对立的。

他是国王的保镖，出手是国王的叛徒。

他曾经负责追杀出手。

现在他和出手联手杀了国王。

两人一同站在正义一边了。

应该说说话。

出手把国王的腰带解下来，把腰带连同手枪拿走。

出人头雕说："那把枪……很厉害。"

出手把枪递给出人头雕，说："你要吗？送给你。"

"我不要……我没有手……不能拿枪。"出人头雕说。

出手对他那么好，他很感动。

出手把枪插入腰带上的枪套，对他道谢："谢谢你救了我。"

出人头雕诚实地说："不用谢……我……也是想……杀死国王。"

出手问："你不是国王的保镖吗？为什么要杀死国王？"

出人头雕解释："以前……我不知道……国王是坏人……做他的保镖……那是错误的……后来……我发觉国王……要害死人……也要害死鸟……我就不做他的保镖了……我就走了……离开不一样王国。"

他太久没有说话，说话支支吾吾，也不知怎么表达。

出手说："我们还以为你死了。你离开后，就一直躲在这里吗?"

出人头雕说:"不不……人类杀鸟……我才躲在这里……。"

出手说:"人类杀鸟,是两年前的事了。"

出人头雕问:"现在……人类还……杀鸟?"

出手说:"现在不杀了。"

出人头雕放下心中大石,说:"不杀鸟就好了。"

出手说:"现在也没有鸟好杀了。鸟都死光了。"

鸟都死光了,鸟类灭绝了。

世界上只剩下半只鸟,就是出人头雕。

出人头雕感到悲哀。

出手沉默了一段时间,最后说:"出人头雕,谢谢你救了我。我要回去了。改天我再来看你。"

出人头雕哽咽说:"再见……"

"再见。"出手沉入水里,游走了。

2047　灯塔亮了

出人头雕躲在暗处,沉溺在悲恸中。

国王死了,大仇报了,鸟类全死了。

他消极地想,剩下自己这半只鸟,活着也没有意思。

瑜美出现。

她来找她爸爸。

瑜美发觉她爸爸死了，号啕大哭。

她不分青红皂白，对出人头雕怒吼："你杀死我爸爸！"

出人头雕只得结结巴巴地跟她斗嘴，说她爸爸是坏人，该死。

瑜美愤然喊道："你下来，我杀死你！"

出人头雕告诉瑜美，他不怕死。

对！他还怕什么？

躲在塔里也只是等死。

死猪不怕开水烫，不如出去闯荡。

出人头雕下来，飞过瑜美面前，飞出塔外。

瑜美没有武器，杀不死它。

出人头雕拍着翅膀停在空中说："我不怕死了……我要出去了……这个臭地方……留给你……和你爸爸……哈哈……"

他故意激怒瑜美。

瑜美潜入水里。

出人头雕绕着灯塔大笑。

塔顶的灯室里一片黑暗。

出人头雕想，坏人死了，黑暗输了，光明应该重现。

他钻进灯室，把电线接回去。

灯亮起来，灯座继续旋转。

出人头雕追逐光明，哈哈狂笑。

2047年　一定要吃烤鱼

出人头雕这次飞离灯塔，是豁出去了。

出去之后，活也好，死也好，他已经不害怕。

能够过一天，就赚一天。

能够看一眼，生命中就多了一点儿意义。

他往南飞。

为什么要往南？

因为他没有去过南方。

南方有什么东西？

他不知道，只知道肯定有新东西。

遇上新东西就有新生活。

他要过新生活。

他躲在塔里时，每天日子都一样，一样黑暗。

那两三年，他是在过日子，不是过生活。

他现在追求的，就是过生活。

南方有一大片海洋，他在黑夜中飞了好长一段时间。

终于看见灯光。

出人头雕往灯光飞去。

灯光来自渔船。

渔船的船舱像一幢房子，前后有门，旁边有窗口，上面有房顶，房顶有烟囱。

出人头雕停在房顶上休息。

他筋疲力尽，饿得头晕眼花。

他闻到烟囱飘出烤鱼的味道。

他忽然很想吃烤鱼，想吃热腾腾的烤鱼。

他下定决心，今天要吃烤鱼。

就算吃了烤鱼被人打死，总好过躲在黑暗的塔里没有吃到烤鱼就死去。

他爬到房檐，头部往下探，从窗口望入船舱。

船舱里面有五个人围在一张桌子边。

桌子中间有一个大盘，盘上有一条条烤好的鱼。

噢，还冒着烟，香喷喷。

五个人在吃烤鱼。

出人头雕忍不住直吞口水。

出人头雕打算从窗口飞进去，抓住一条烤鱼就逃走。

一条烤鱼就够了，出人头雕食量小，不会吃掉太多食物。

他们五个人吃十多条烤鱼，太奢侈了。

他必须很谨慎，不能够在吃到烤鱼之前被人打死。

还没吃到烤鱼就死太不值得了。

出人头雕不仓促行事，他耐心等待。

那五个人吃鱼很快，吃得很干净。

不一会儿，就只剩下最后一条。

还不下手？

再迟一步，最后一条烤鱼也被消灭了。

出人头雕很纠结。

这时候飞下去，很可能还没有吃到鱼，就被十只手抓住。

如果不飞下去，那条鱼就会变成鱼骨。

就在这个时候，一只黑猫从椅子底下蹿上来。

黑猫衔起那条鱼就跳开。

那五个人破口大骂，但没有阻止黑猫。

黑猫逃窜后，他们还哈哈大笑。

早知道学那只黑猫就好了！

那些人失去一条鱼不会感到生气。

他们都吃得太饱了，那条鱼他们再也吃不下了。

出人头雕的行动太慢，后悔莫及。

他飞回房顶。

吃不到鱼，愈发想吃鱼。

肚子咕噜咕噜抗议。

机会只有一次，错过了就永远失去。

他抬起头，看看四周，盼望大海上再出现一只有烤鱼的渔船。

一个黑影赫然出现在他眼前，吓得他直颤抖。

是黑猫。

黑猫衔着烤鱼，竟跳到房顶上来。

黑猫看见出人头雕，张开口惊叫："喵!"

猫竟怕鸟!

黑猫一开口，那条烤鱼就掉在它脚边。

出人头雕张开翅膀噗噗飞过去。

张开翅膀，就显得庞大。

怕不怕? 怕不怕?

黑猫害怕，往后退。

出人头雕抓起那条烤鱼，腾空而起。

黑猫仰望着，又叫了一声："喵!"

出人头雕拍着翅膀停在半空，低下头咬一口鱼肉。

噢！好好吃！

他在空中表演吃鱼给黑猫看。

黑猫并不欣赏他的表演，在房顶上暴跳如雷。

黑猫吃不到，出人头雕就吃得更香了。

出人头雕用牙齿慢慢咬鱼肉，小口小口地吃。

黑猫几次扑上来，就是跳得不够高。

出人头雕舍不得太快吃完，也怕吃得太急会被鱼骨鲠到。

黑猫仰头望着他吃，受尽折磨。

他急得喵喵叫，团团转。

船舱里的人拿木棍捅房顶，怒骂："死猫！"

黑猫不敢再叫，伏在房顶嘤嘤哭泣，扮可怜。

出人头雕把烤鱼吃干净。

他把吃剩的鱼头和鱼骨抛到黑猫面前。

他心里对黑猫说："你也不用生气。你前面的日子，还有很多条烤鱼在等你。而我肚子里这条烤鱼，就要陪我过这辈子了。今天这条烤鱼，是我一生中吃过最好吃的食物。谢谢你，我会永远记得你。"

黑猫啃着鱼头，猛摇尾巴。

2047年　神奇水果

出人头雕继续往南飞。

他心情愉快，死而无憾。

吃鱼，是为了飞更长远的路。

不吃鱼，心有"鱼"而力不足，也飞不远。

他这一飞，飞到天蒙蒙亮，才找到陆地。

陆地上高楼矗立，住着千千万万个人。

出人头雕对人类有戒心，不知道该在何处落脚。

天还没有亮透，地上的人不多。

鳞次栉比的房顶中，出人头雕发现一个藏身之地。

一座高楼的楼顶，盖了一个简陋的房子。

房子旁边有一个棚子，棚子上爬满茂密的藤树。

那棵藤树应该是不错的藏身之地。

出人头雕飞向棚子，藏在藤树里面。

藤树垂下一串串绿色水果。

每一颗水果都是椭圆形的，晶莹剔透，很好看。

出人头雕没有见过这种水果，不知道它有没有毒。

他经不起诱惑，摘一颗放进嘴里。

啊！水果清甜多汁，感觉全身润泽了。

他吐出一粒褐色的籽，意犹未尽。

再吃一颗。

这颗却酸得牙齿都软了。

出人头雕有人类的头脑，很快就学会选择水果的诀窍。

大颗的，半透明的，就是甜的。

小颗的，淡绿色的，就是酸的。

上天实在对他太好了，给他吃了鱼，还给他吃这么神奇的水果。

2047年　草原和阳光的感觉

天亮后，简陋的房子里有人走出来。

是一个睡眼惺忪的老头子。

出人头雕躲在树上不敢动。

老头子扭开水龙头，刷牙洗脸，然后喝开水吃面包。

那块面包似乎很难吃，他咬了几口，把剩下的丢进垃圾桶里。

老头子拿起护霜罐子，在自己的身体喷上湖蓝色。

人类很奇怪，把皮肤当作画布。

老头子提着一个工具箱出门去。

房门没有掩上，他放心地离开，爬楼梯下去。

出人头雕从棚子飞出来，从门缝望入房子里。

房子里没有其他人，只有一张床、一个柜子、一张桌子和一把凳子，墙角堆满杂物。

他飞向房子外面的垃圾桶，捡起半块面包，拍去灰尘，咬一口。

嗯。很硬。

慢慢咀嚼，香味渐渐漫开来。

细细体会，给他一种草原和阳光的感觉。

这是好东西啊，老头子怎么把它扔了？

出人头雕把面包带上棚子吃。

吃饱后，在藤树里好好睡一觉。

他从灯塔里出来，昨晚至今晨，吃了黑猫的烤鱼、神奇水果、阳光面包，现在吹着清风休息，身边弥漫着清新的味道。

这么活一天，胜过躲在塔里两年。

值了，这一生值了，死也值了。

他香香地睡一觉。

2047年　身体轻飘飘

说话声把他吵醒。

老头子在房子里，叽里咕噜说话。

天暗了。

他睡了一整天。

老头子独自在房子里，门窗都开着，吃着袋子里的东西，喝着玻璃罐里的液体，自言自语。

出人头雕听不懂他说什么，却听得出他情绪波动，一会儿哭，一会儿笑。

声音逐渐微弱，然后他不再言语。

一片死寂。

出人头雕望过去，看不见老头子。

老头子去哪里了？

不见人影，无声无息。

出人头雕悄悄飞过去。

只见老头子侧身躺在地上。

死了？

出人头雕慢慢走过去。

他的鹰爪不利于走路，与地面摩擦发出窸窸窣窣声。

他还得张开翅膀，半飞半爬而行。

老头子没死，张开嘴巴大声打嗝。

出人头雕吓了一跳，噗噗飞开。

老头子转身，发出轻微的鼾声。

他又睡着了。

出人头雕把凳子上的袋子抓过来。

袋子里有褐色块状食物。

出人头雕抓一块来吃，食物油腻而偏咸。

他吃几块，咸得齁人。

他受不了，只想喝水。

他抓起凳子下的玻璃瓶，嘴巴对着瓶口咕咚咕咚猛灌。

玻璃瓶里的液体辛辣干涩，把他呛得大咳几声。

老头子被咳嗽声吵醒，翻身仰卧，睁开眼睛。

出人头雕愣怔，身体僵硬，动都不敢动，也不懂得逃跑。

老头子好像看见出人头雕，却又没有什么反应。

他喃喃自语，摊开四肢，摆一个大字形睡去。

他的嘴巴张开，大声打呼噜，好像含着一肚子海浪。

那液体虽然呛，和食物搭配起来，却有互补作用。

喝了液体，觉得食物不腻了，咸得恰恰好。

他再吃块状食物，又喝一口液体。

他喝得喉咙紧绷，好像一把火在里面烧。

他必须再喝一口，才能把火浇熄。

继续喝下去，就喝得顺畅了。

出人头雕不知喝了多少，觉得身体轻飘飘，飘入梦乡。

梦见什么，他也不记得。

但那一定是一个巨大的梦，梦得天崩地裂。

醒过来后，脑袋快被撑破了，非常难受。

他的身体不能动弹，好像被捆绑了。

2047年　被抛入垃圾桶

出人头雕睁开眼睛看清楚。

身体真的被捆绑了。

他的双脚被铁环套住，翅膀和身体如粽子一样被塑料布包裹。

唯一自由的，是他的头。

出人头雕企图站起来，却站不起来，身体在地面滚动。

一个戴口罩的年轻人不怀好意地走过来，踢了他一下。

年轻人戴上手套，把出人头雕捧起来，抛入垃圾桶。

出人头雕变成垃圾了。

垃圾桶不大，出人头雕的身体塞进桶里，头露在外面。

年轻人蹲下来，叽里咕噜跟他说话。

出人头雕听不懂。

年轻人看出人头雕没有反应，拿着游戏机，自己玩了起来。

2047年　愿意被收养

傍晚，老头子回来后，跟年轻人说了几句话，年轻人就离开了。

老头子没有戴口罩，也没戴手套，面露笑容，叽里咕噜跟他说话。

出人头雕一句话也听不懂。

他只知道，老头子同一句话问了好几遍。

出人头雕只好摇摇头，说："我听不懂，不知道你说什么。"

老头子说"OK"，就没有再跟他说话。

出人头雕听得懂"OK"，大概是"好"或"行"的意思。

老头子买了一盒食物回来，用叉子叉着食物吃。

橘红色的方块食物，淋上一些黏黏的浆，看起来好像很好吃。

出人头雕瞪着食物，感觉饿了，猛吞口水。

老头子叉一块食物来到他面前，叽里咕噜，表情友善。

出人头雕张开嘴巴。

老头子喂他吃。

食物有肉味，浆则甜中带酸，蛮好吃的。

出人头雕微笑点头。

老头子干脆坐在他面前，和他分享，你一口我一口地吃。

出人头雕不客气地大口吃，还频频微笑点头。

老头子喝水时，也喂他喝水。

出人头雕咕咚咕咚地喝，不管他是否听懂，也对他说："谢谢。"

老头子解开他身上的塑料布，不过，反剪了他的翅膀。

翅膀交叉反剪，出人头雕觉得不舒服，还不如用塑料布包裹。

出人头雕纵然不舒服，也配合老头子的举动，没有反抗。

他表示驯服，让老头子知道，他不打算逃走。

如果老头子愿意收养他，他愿意留下来。

这里的环境，和灯塔有天渊之别。

这里的食物，种类繁多，样样可口，比起生吃牡蛎，好太多了。

老头子看过来时，出人头雕尽量露出亲切的表情。

也许他的演技不够好，老头子并不打算收养他。

2047年　像婴儿一样幸福

次日，老头子把出人头雕放在一个有透气孔的箱子里，把他带走。

老头子把他交给另一个人。

接下来的日子，他从一个人手里交到另一个人手里。

他觉得自己是一个不断被转送的礼物，每一个收到礼物的人都感到喜悦。

出人头雕欣然被当作礼物，他去到每一个地方，配合度都很高。

人家要他怎样，他就怎样。

他的良好表现，终于取得成果。

他的翅膀被松开，不必再反剪。

只是，他脚上多了一条铁链。

那条铁链并不碍事。

出人头雕是一个贪吃的半人半鸟。

这段日子，他享受各种食物，活得非常惬意。

不同的人喂他不同样的食物，每种食物都很好吃。

人家像喂婴儿一样喂他，让他觉得自己像婴儿一样幸福。

这一辈子，从来没有人对他这么好。

每天晚上，他都会很满足，觉得死而无憾，这一生值了。

人家不只喂他吃东西，还帮他洗脸，帮他刷牙，替他梳理羽毛，替他擦屁股。

人家为他服务，他都礼貌地点头微笑。

人家跟他说话，他听不懂，还是笑一笑。

微笑，是最有效的语言。

这样的日子一共几十天，几十天里他笑完半辈子的笑。

最后，出人头雕来到一所医院。

他知道这是医院，因为在不一样王国也有这么一所医院。

医院就是有医院的味道。

2047 年　在手术室里

被送进医院前，他就觉得不妥。

他预感，死期到了。

出人头雕被捆绑，装进一个黑色箱子。

在黑暗中，他看不见未来。

他泰然处之，没有丝毫哀伤。

他要带着微笑死去，不过，他的嘴巴被贴上胶布，笑不出来。

到了医院，他闻到医院的味道。

他连同箱子被放在推车上，推过很长的走道。

他听见推车嘎吱嘎吱的声音。

他也听见前后左右的脚步声。

有一群人紧紧跟着他。

他们是不是要把他处死?

这么多人一起来处死他，让他觉得自己很重要。

黑色箱子被打开时，他已经在手术室里了。

手术室里有很多神色紧张的人，其中一个长得特别高。

大家都不说话，静静地等待。

出人头雕想，这些人是不是医生？

他们要将他解剖？

他们要将他制成标本？

出人头雕见过标本。

以前国王常把不能存活的不完全人类制成标本。

标本就标本吧。

永垂不朽。

2047 年　一个胖女人

手术室的门打开，两个人急急忙忙地把一张床推进来。

床上的病人盖着一条棉被。棉被遮盖了病人全身。

那个高个子把棉被揭开。

床上躺着的是一个胖女人。

胖女人正在昏迷中，身上没有穿衣服，只见一团团的赘肉。

高个子用手量一量胖女人的脖子，再用手量一量出人头雕的脖子，然后说一句话，大家听了大笑。

出人头雕听天由命，要宰要杀尽管来。

有人把一个罩子按在出人头雕的脸上。

出人头雕昏迷过去。

2049年　一点儿都不好笑

世事变幻莫测。

出人头雕已经不再是出人头雕。

他已经变成一个胖女人。

这是一件很好笑的事，一只雄性老鹰，竟变成一个胖女人。

这么好笑的事情，发生在自己身上，一点儿都不好笑。

他从灯塔飞出来以后，就打算逆来顺受。

可是要把自己变成一个胖女人，他一时真的接受不来。

事情已经无法改变，他的头已经和胖女人的身体连成一体。

他的老鹰身体已经不见了。

他已经变成她。

她叫芭芭拉。

高个子一直叫她芭芭拉。

她和高个子住在一起。

套房有三个房间，她一个，高个子一个，另一个房间空着。

她对高个子说："我不是芭芭拉，我叫出人头雕。"

高个子听不懂她说什么，没有理她。

她开始自言自语。

她不想忘记自己的语言，每天练习说话。

功夫不负有心人，以前她说话磕磕巴巴，现在越说越顺溜。

高个子买一切必需品给她，也买她喜欢吃的食物给她吃。

她不准出门，被囚禁在房子里。

高个子教她打开电脑，教她玩电子游戏。

她在高个子家日子过得很惬意，不是吃喝，就是玩游戏。

高个子对她太好了，要她做芭芭拉就做芭芭拉吧。

做芭芭拉，其实也不错。

她放弃原则，放弃雄性，安安分分做芭芭拉。

高个子要买食物时，会打开手机，让她挑选。

她每天都尝试不同食物，吃得越来越胖。

买了食物后，高个子就会捉她的食指印在手机上。

这样的动作，她已经习惯。

每天这个动作她都会做好几次，把手指按在高个子的手机上。

手机一送到面前，她自然把食指伸过去。

除了伸出食指，她什么工作都不必做。

2049 年　手机的用处

高个子请了一个钟点工人，每天下午都来打扫房子。

钟点工人是一个黝黑的男孩，在高个子面前不多话。

有时高个子要出门，会先等黑男孩来。

他让黑男孩监视她，才放心出去。

高个子不在的时候，黑男孩喜欢来跟她说话。

他叽里咕噜地说，她用普通话回答。

一个鸡一个鸭，谁都不知道谁在说什么。

有一天，黑男孩趁高个子出去的时候，掏出手机打电话。

他把女朋友叫过来。

他的女朋友是一个白种女孩。

他把白女孩拉到她面前，让白女孩跟她说话。

白女孩用普通话说："芭芭拉阿姨，您好！我叫伊莎贝拉，是他的女朋友。您听得懂我说话吗？"

她说："当然听得懂，只有你会说人话。"

伊莎贝拉说："他们也说人话，只是他们说的是西班牙语。我的男朋友很好奇，他想问您一个私人的问题，不知道您是否愿意回答。"

她说："你问吧。只要我知道，我一定会回答。"

伊莎贝拉羞涩地问："你的头，为什么这么小？"

她说："我的头本来就这么小。我有一个人类的头，老鹰的身体。以前我会飞，在天空中自由自在地飞翔。"

伊莎贝拉苦笑，说："芭芭拉阿姨，你真会说笑。"

这个女孩竟不相信她的话。

相信也好，不相信也好，她还是要说："以前我叫出人头雕，他们把我的头割下来，接在芭芭拉的身体上面，现在我都不知道我是出人头雕还是芭芭拉。"

伊莎贝拉说："阿姨，您是芭芭拉。"

她说："可是，我有出人头雕的头啊。"

伊莎贝拉说："您有芭芭拉的身体，身体比较重要。人家认得您是芭芭拉，是认您的身体，不是认您的头。"

这种说法很奇怪。以前出人头雕认得别人，都是认人的脸。

余妈妈和靖雯阿姨的身体都差不多，可是她们的脸就不一样。

她反问："人家看我的身体，就认得我？不可能！"

伊莎贝拉说："人家不是看您的身体。现在辨识身份，靠的是手指上的静脉。扫描手指，就认得您是谁。辨识器不会扫描您的头，您的头不会得到银行的承认，只有您的手指得到银行的承认。"

她问："为什么我要得到银行的承认？我认得你，你认得我，不就够了吗？我的朋友都认得我，不就够了吗?"

伊莎贝拉耐心地说："阿姨，朋友认得您还不够。您的身份，必须得到银行的承认。银行承认您，您才可以购物。"

她不明白，问道："为什么我需要银行承认我，我才可以购物？我有钱不就可以买东西吗?"

伊莎贝拉问："阿姨，您是真不懂吗？还是您要考我?"

她说："我真不懂。伊莎贝拉，你要告诉我。"

伊莎贝拉有一点儿不耐烦地说："阿姨，您没有买过东西吗？您买东西，不是要扫描您的手指，钱才能过账吗？要不然，您在银行里存有很多钱，不能过账，也没有用啊!"

她恍然大悟，问："你说扫描手指，是不是把手指按在手机上?"

伊莎贝拉说："当然啦！手机最大的用处就是买东西。"

她又问："所有手机都可以吗？我要买东西，用你的手机可以吗?"

伊莎贝拉说："当然可以。银行辨识手指，又不是辨识手机。我去买东西，常常忘记带手机，就用店家的手机。不过您要看清楚，有时候店家……"

伊莎贝拉说到这里，高个子回来了。

高个子看见黑男孩带别人进来，大发雷霆，把他们轰走。

2049 年　学习西班牙语

黑男孩和白女孩不再出现。

高个子请了另一个钟点工人来。

她是一个瘦女人，眯眼大嘴，叫坦欣桂。

坦欣桂很爱说话，芭芭拉听不懂，她还会教她。

从家里的物件开始，锅碗瓢盆、桌椅等，她都教芭芭拉怎么说。

芭芭拉，也就是过去的出人头雕，立志学好西班牙语。

她的头脑虽然小，但她反复学习，也记得住。

没有学过的词语，她主动请教坦欣桂。

坦欣桂好为人师，教她教得很有成就感。

高个子并没有反对芭芭拉学习西班牙语。

他乐意用西班牙语跟芭芭拉交谈。

芭芭拉学会用电脑，下载了西班牙语课程，更有系统地学习。

她也温习普通话，学习中文。

她希望学好中文，以便读到更多各地的消息。

在这个年头，中文是世界上最广泛使用的语言。

2050年　下楼买东西

一个下午，高个子喷了香水出了门，大概不会那么快回来。

芭芭拉请求坦欣桂带她去楼下走走。

坦欣桂说："对不起，芭芭拉。主人说，不可以让你踏出家门。"

芭芭拉说："主人觉得我长得丑，担心我出去吓坏人。他把我关在家里，我闷得快发疯了。你带我下去走走，如果楼下有什么东西，你想要，我可以买给你。我只要去走走，十分钟也够了。"

坦欣桂问："你有钱?"

芭芭拉说："我有钱，没有地方花。"

坦欣桂犹豫片刻，说："好，就下去五分钟，不过，我必须牵着你的手，你不可以逃走。"

她带芭芭拉下楼去。

楼下有一家卖护霜的店。

店主看见芭芭拉，吓了一跳。

坦欣桂指着三瓶不同颜色的护霜，说她要三瓶。

店主用手机扫描了瓶子，手机出现一个数字，数字下面有一个红色方格子。

芭芭拉伸出手指，在方格子上摁一下。

红色方格子转为绿色。

"行了。"店主把三瓶护霜交给坦欣桂。

坦欣桂说："先寄放在你这里，等一下我才来取。"

她拉着芭芭拉说："我们上去。"

这一趟外出，神不知鬼不觉。

坦欣桂感激芭芭拉，说她女儿很喜欢这种名牌护霜。

这个牌子太贵了，她舍不得买。

她说："谢谢你，芭芭拉，我女儿今天一定会感动得流眼泪。"

芭芭拉说："你女儿以后需要什么，只要楼下的商店买得到，我一定买给你。"

坦欣桂对芭芭拉更好了，把她服侍得如女王。

芭芭拉每次想起自己在灯塔里的日子，就觉得现在简直上了天堂。

2050 年　满足内心的幻想

坦欣桂会察言观色，看见高个子喷了香水，头发梳得像箭猪，就会问他："去哪里约会啊?"

她会套出高个子去哪里，去做什么，大约会花多少时间。

　　如果时间充裕，她就带芭芭拉下楼去买东西。

　　买的东西一件比一件贵。

　　芭芭拉担心高个子发现，会警惕坦欣桂："我不能花太多钱，我怕被那个人发现。"

　　坦欣桂听了收敛一些，但是尝过了甜头，很难收手。

　　芭芭拉一次又一次地扫描手指，高个子虽然没有察觉，但是芭芭拉怕上得山多终遇虎，还是小心为是。

　　她对购物已经熟悉，对下楼失去兴趣。

　　坦欣桂苦苦哀求她，她才肯下去买东西给她。

　　坦欣桂对她更好了，照顾得无微不至。

　　芭芭拉的兴趣转向旅行。

　　坦欣桂家境不好，很少旅行，但也出过远门，去过外婆家探亲，去过表叔家奔丧。

　　芭芭拉叫她描述出门的经过，怎样搭车，怎样入住旅馆，所有细节她都问清楚。

　　坦欣桂问她："为什么你对旅行那么感兴趣？"

　　芭芭拉说："因为我没有出过远门。我长成这个样子，不敢出去。只能听你说说，满足我内心的幻想。"

　　坦欣桂问她："你想去车站吗？我带你去车站，教你买车票……"

　　"买车票去哪里？"芭芭拉心情紧张。

　　"我要买两张周末的来回车票，带我女儿去旅行。等到下个星期，我就可以告诉你我们旅行的经过，满足你内心的幻想。"

芭芭拉答应坦欣桂。

她们等高个子出去后，赶快步行到车站，使用机器买车票。

坦欣桂指着机器说："你看，这里除了买车票，还可以预订旅馆。我现在买了去金马地的车票，如果同时预购当地的旅馆，就享有特别优惠。芭芭拉，我预订一晚的住宿，好吗？"

"好吧。"芭芭拉要看清楚程序。

坦欣桂选择旅馆。

屏幕上出现不同等级的旅馆。

坦欣桂指着最高级的，说："我女儿……"

"订吧。"芭芭拉不想听她胡扯，她总会找出理由。

预订了旅馆，屏幕立即弹出套餐的图片。

坦欣桂说："顺便买餐券还有折扣……"

芭芭拉爽快地说："买吧。"

订购完毕，芭芭拉食指一按，机器就吐出车票、住宿证和餐券。

坦欣桂欢天喜地，拥抱芭芭拉说谢谢。

芭芭拉觉得奖励坦欣桂是应该的，今天上了宝贵的一课。

第二个星期，坦欣桂不忘承诺，事无巨细地向她描述旅行的经过。

她说："旅馆的甜点太好吃了，吃得我回家牙齿疼痛。"

芭芭拉问："楼下不是有一个牙医吗？"

坦欣桂无奈地说："有啊。我问过了，牙医说不能预付，必须治疗过后，才能结算费用。"

芭芭拉说："如果有时间，我可以等你。"

坦欣桂眼珠跳动，说："我找时间。"

2050年　一张单程车票

高个子要出门，坦欣桂拜托他做一件事。

高个子不太情愿，说："要我去那个地方？那么远……"

坦欣桂竟流下眼泪，说："我自己去过，他们看不起我……"

高个子心软，答应了她。

坦欣桂把他打发走后，破涕为笑。

芭芭拉佩服坦欣桂的演技。

坦欣桂拉着芭芭拉说："走，拔牙去。"

芭芭拉披上一条厚头巾，跟着她下去。

这条厚头巾，让她的头看起来大一点儿。

坦欣桂进入牙医治疗室之前，指着候诊室的椅子说：

"芭芭拉，你坐在这里等，不要走开，好吗?"

芭芭拉低下头，没有回答。

她不想说谎。

坦欣桂进去之后，芭芭拉就站起来，缓缓离开牙医的诊所。

芭芭拉加快脚步走向车站。

她买了最远一站的单程车票，订了一晚旅馆住宿，还买了烛光晚餐的餐券。

芭芭拉就这样离开高个子，离开坦欣桂。

高速火车把她送到千里之外的一个海边城市。

她入住全市最好的旅馆。

旅馆下面有一家美发店。

她在店里植了一头的黑发，蓬松的黑发像一个蜂窝，让她的头看起来大三倍。

住了一晚，她就搭乘邮轮离开那个城市，到另一个大陆去了。

2050年　Life is beautiful

芭芭拉开始她的旅游生活。

以前她是出人头雕，有强劲的翅膀，却没有去过多少地方。

现在她没有翅膀，却可以周游列国。

她吃得好，住得好，玩得开心。

原来芭芭拉的银行里有花不完的钱。

她不知道芭芭拉和高个子是什么关系。

她离开后，高个子没有再来找她。

或许高个子找不到她。

芭芭拉生活低调，虽然常上网，却不想把自己的生活曝光。

她去过很多地方，看过很多穷人。

她几乎什么好吃的都吃过了，对吃没有太大的期盼。

最令她快乐的事，是帮助穷人。

她每到一个地方，就会买很多好吃的面包。

她拎着面包到贫穷区去，把面包分给当地的小朋友。

看着小朋友吃面包的满足感，就是她人生最大的满足感。

每一天晚上，芭芭拉都做四五个梦。

每一个梦结束，她就醒来片刻。

她的梦，随着时间往后退。

第一个梦里她是吃喝玩乐的芭芭拉，第二个梦里她是高个子家里的芭芭拉，第三个梦里他是被人类捉住的出人头雕，第四个梦里他是刚离开灯塔的老鹰，到了清晨，他会梦见自己躲在灯塔里。

每一天早晨，她从灯塔的梦醒来，发现躺在舒适柔软的大床上，就会用英语说："Life is beautiful！"

第 九 章

瑜美 的 结局

2047年　承担所有的伤心

瑜美的爸爸去世了。

她发现爸爸的尸体那天，是她一生中最悲恸的日子。

她这个爸爸叫井本医生。

说井本医生是她爸爸，也不是真的爸爸，只能说是她养父，或者制造她的人。

瑜美是被制造出来的。

井本医生在人类的受精卵里动手脚，取出一部分染色体，再加入儒艮的一部分染色体，然后把受精卵植入妈妈的子宫里，让妈妈怀上瑜美。

爸爸制造她时，她根本没有感觉。

她对爸爸的怀念，是爸爸给她的东西。

爸爸建立了一个不一样王国。

瑜美一出生，就是王国的小公主。

一直到她十岁，最难忘的童年记忆，甜蜜和幸福，都是爸爸给的。

爸爸制造她时，从妈妈的卵巢里取出一颗卵子。

卵子和精子的完美结合，形成受精卵。

那颗精子，来自瑜美的生父。

瑜美从没见过生父，对生父没有感情。

生父在前年因为一只麻雀而死了。

那时，一只带着禽流感病毒的麻雀飞进窗口，被旋转的风扇打落，掉在生父身上，生父因而感染病毒，病毒进入肺部导致肺衰竭，生父就这么断气身亡。

生父死时，她不在场，也不知道。

那时，她和妈妈失去联络。

去年，她找到妈妈，妈妈告诉她生父是怎么死的。

她好像在听一个遥远的故事，没有伤痛，没有半点儿感觉。

生父的死，渺小如精子。

爸爸的死就不一样。

爸爸的死，如泰山压顶，让她受到重重一击。

她周围的人，没有人感到伤心，只感到高兴。

一个人死，不是一件应该伤心的事吗？

她爸爸的死，所有的伤心，全由她一个人承担。

2047年　第一个发现尸体的人

爸爸死后，警察认为瑜美是第一个发现尸体的人。

妈妈和姐姐也这么认为，人人都这么认为。

只有她自己心里知道，最先发现尸体的人，不是她，是风起。

风起可恶，一开始就装不知道。

他什么都不说，一问三不知。

她觉得风起没有骨气，怕受怀疑，才装聋作哑，逃避责任。

爸爸去世那天，大批警察要来捉爸爸。

她担心爸爸被捉，要协助爸爸逃走。

她看见爸爸高高悬挂在崖壁，却无法救他。

她是半人半鱼，攀不上崖壁。

风起能救他，风起是半人半鸟。

她喊风起来救爸爸。

那天，下着大雨，风起把爸爸抱走。

她不知道风起飞去了哪里，沿着岸边找。

直到雨停了，天快黑时，她还找不到爸爸。

风起单独飞回来。她问风起："我爸爸呢？"

风起回答："在白塔那里。"

是风起告诉她爸爸在白色灯塔那里。

风起回去后，也没有告诉其他人爸爸在白色灯塔里。

等到她把爸爸的遗体拖回去，每个人都问她在哪里发现尸体的。

风起心里有鬼，什么都没有说，装作不知她爸爸死了。

2047年　谁杀死爸爸

瑜美独自去白色灯塔，找到她爸爸的遗体。

爸爸死状恐怖，脸上有多条血道子，那是出人头雕抓的。

她在灯塔见到出人头雕，出人头雕也承认了。

她想杀死出人头雕，给爸爸报仇。

可惜她只能待在海水里，而出人头雕会在天上飞。

出人头雕嘲笑她，她都拿它没办法。

她恨死出人头雕。

出人头雕虽然态度恶劣，但不是杀人凶手。

它只是把爸爸抓伤。

爸爸的遗体有一个大洞，从肚子穿透后背。

这是被电磁枪射穿的。

爸爸身上别着一把电磁枪。

他死后，电磁枪不见了。

她怀疑开枪射死爸爸的不是别人，正是风起。

风起是最后一个接触爸爸的人。

风起把爸爸从崖壁抱走，放在白色灯塔里。

风起不愿意陪瑜美去找爸爸。

以前他不是这样的，瑜美叫他陪她，他从不拒绝。

瑜美赶到白塔，爸爸已经气绝。

白色灯塔外面是茫茫大海，不会有其他人到那里去。

塔里面只住着出人头雕。

出人头雕不是杀人凶手，因为它的爪子握不住电磁枪。

开枪的是人。

那个时候，茫茫大海里，除了风起和爸爸，没有其他人。

杀人的一定是风起，不然就是爸爸自杀。

如果是爸爸自杀的话，也会把枪留下。

瑜美寻遍塔里塔外，那把电磁枪不见了。

一定是风起杀死爸爸。

风起和爸爸本来就有冤仇。

风起不止一次说要找爸爸报仇。

男子汉敢做敢当，偏偏风起做了不敢担当。

她看不起风起，一辈子看不起他，看不起他一辈子。

2047年　风起不承认

瑜美把爸爸的遗体拖回去，放在不一样游乐园的岸边。

她伏在那里痛哭。

不一样游乐园的人都来围观，每个人都很高兴。

她就因此更伤心了。

她记得很清楚，米娜说她爸爸："禽兽不如，罪有应得。"

有点花说："捉到了，然后，太好了！"

妈妈也说："谢天谢地，天下太平了。"

姐姐见到爸爸的遗体，马上打电话给警长。

"阿莫，瑜美找到井本医生了！他死了！不知她在哪里找到的。我们问她，她不说，只会哭。"

风起冷眼旁观，什么都不说。

他应该心知肚明。

警察马上乘快艇过来，要跟瑜美录口供。

瑜美一个翻身，跳入大海，向远处游去，久久不回来。

警察放弃了，只把爸爸的遗体带走。

风起假惺惺地要来安慰瑜美。

瑜美问他："我爸爸是不是你杀死的？"

风起不承认，坚持说他离开灯塔时，爸爸还活着。

瑜美气死了，把风起赶走，永远不要再见到他。

当晚，靖雯阿姨就来把风起带走。

蛋猫也自愿跟随他们而去。

不一样游乐园从此关闭。

留在园里的，只剩下瑜美一家人和米娜母子。

2047 年　谎言还是谎言

风起多次来找瑜美，瑜美都不理他。

他没有诚意，不是来道歉，而是来否认。

他不断否认说不是他杀了爸爸。

他以为一句话重复说十次就会变成真的。

瑜美才不会上当，不会相信他。

谎言重复一千遍还是谎言。

事实就是事实，怎么说都改变不了。

2048 年　小有名气

不一样游乐园的地主死了，没有亲属，也没有留下遗嘱。

那块地，无人认领。

政府有权把那块地征收回去，不过，政府没有那么做。

政府允许他们住在那里。

瑜美一家人仍然住在水上房子里。

米娜母子则留在别墅里。

瑜美不喜欢和米娜说话，就因为那句"禽兽不如，罪有应得"。

她不能原谅米娜。

虽然小芋头是她爸爸的儿子，但是她和小芋头没有血缘关系，对小芋头也没有感情。

她不去住别墅，只待在水上房子里，和妈妈、姐姐在一起。

姐姐告诉瑜美，网上很多人关心转基因人类的生存问题。

舆论界普遍认为，应该给转基因人类留一条生路，但不应该为他们做宣传，也不应该让他们出来表演。

政府基于网上的舆论，才没有收回他们住的那块地。

瑜美开始关注网上的舆论，舆论关乎瑜美的存亡问题。

她白天在海里游泳，晚上躲在房间里对着电脑屏幕。

姐姐建议，既然她喜欢上网，不如报名修读一些课程，充实自己。

瑜美不明白什么叫"充实自己"，但自己一个人感到寂寞，就找一些有趣的东西读读。

她修读的第一门课程叫"海洋生物学"。

　　瑜美把"海洋生物学"读出了兴趣，原来平时她在海里看见的生物，都各有名字。

　　瑜美通过阅读，对这些生物多了一层了解。

　　以前瑜美只把它们当作海里的陌路人，现在她会去观察它们。

　　根据瑜美的观察，网上的资料不完全正确。

　　有些所谓专家只是管中窥豹，就大作文章。

　　瑜美把这个现象告诉姐姐，姐姐指导她上网纠正资料。

　　专家学者并不相信瑜美的话，认为瑜美口说无凭。

　　瑜美为了展示证据，要求姐姐买一个海底相机给她。

　　她每天在海底拍摄图片，放到网上，揭开很多不为人知的海洋秘密。

　　瑜美的发现，推翻了一些名家学说，震撼了学术界。

　　不久后，瑜美在海洋生物学的圈子里出了名。

　　专家们也把她当作专家，不知道她只有十三岁。

　　瑜美因为受到肯定而奋发图强，力求上进。

2048 年　学而知不足

　　学而知不足，思而得远虑。

　　瑜美开始关注海水污染的问题。

　　她读完"海洋生物学"，继续修读"海洋生态学"。

她读到一种红海藻，能够净化海水，又能当作食物，味如熏肉。

这个时代，海水严重污染、粮食匮乏，种植这种水藻一举两得。

她利用自己的长处，在海底观察，找出其他能净化海水的藻类。

瑜美每天在海里巡游，拍摄照片做记录。

晚上，她整理照片，发觉海底只要有某些海藻，那里就出现鱼群。

在这个年头，鱼群已经很少见了。

她觉得单单靠肉眼观察还不够，她叫姐姐帮忙买一些科学仪器，测量水质和透光度。

她每天晚上发表的报告，就更具深度，除了照片和视频，还有科学数据。

瑜美要做一个实验，证明某些海藻确实能改善环境。

她每天早上去采集海藻，下午带回到海湾种植。

不一样游乐园的海湾，成了她的私人试验场。

2050年　一个坏习惯

两年的辛劳，颇有成就。

种植海藻以后，海湾的水明显比以前清澈，鱼群也多了。

一些久未露面的软珊瑚，也在海底悄悄长出来。

现在，瑜美在网络世界，俨然成为一名海洋学者，粉丝数百万。

没有人知道，她只有十五岁。

她生活有规律，早上出海观察海底生物。

午餐后，她在海湾里清理枯枝。

晚上，她上网展示新发现，并和同行交流心得。

瑜美想把海湾打造成一个天然的海底花园。

问题是，海湾有太多障碍物。

这个海湾，原本是山坳，2044年被大水淹没。

六年过去，水里的树木已经枯萎腐朽。

她花了很多时间清理海水里的枯枝朽木。

她保持忙碌，避免空闲。

一闲下来，她就会想起风起。

工作累了，她浮出海面，抬头看天，还期盼见到一个半人半鸟。

她觉得，这只是一个坏习惯。

2050年　神仙帮忙

瑜美把枯枝捞起，搬上岸去。

枯枝上岸后，也不是废物。

妈妈用这些枯枝种植牛肉菇，赚取生活费。

政府虽然没有驱逐他们，却也没有给他们生活补贴。

他们必须自力更生，妈妈种植牛肉菇，姐姐外出工作。

米娜和小芋头已经离开海湾，搬到城里。

这里就只剩下瑜美和妈妈两个人。

瑜美想凭一己之力，搬走所有的枯枝。

这种想法有如愚公移山。

她不管那么多，能搬多少就搬多少。

有些百年老树，根深蒂固，虽然树枝腐朽，大树桩死守地盘。

瑜美尝试把树桩连根拔起，却没有这个力气。

只要拔得起，她就搬得动，海水的浮力让树枝变轻了。

瑜美搬移树枝的速度，比自己想象的快。

两年时间，海湾里的树枝已经被清理干净，只留下几个大树桩。

她有时想，会不会有人暗中帮助她。

后来想，这里没有人，除非是神仙帮忙。

瑜美扩大海底花园的范围，开始清理海湾周围的枯枝。

不久后，她又发觉，真有神仙帮忙。

早上醒来，望向岸边一堆枯枝，好像多了。

昨晚捡回来的树枝，好像没有那么多。

一段日子过去，海底花园的范围渐渐扩大，鱼群越来越多，种类更加繁杂。

环境好，其他海洋生物也跟着过来。

瑜美发觉，神仙的确存在！

那几个她拔不起的树桩，有一天早上乖乖躺在岸边。

树桩的底部，像被烧过，有炭化的痕迹。

真的有神仙？

2050年　发现真相

瑜美没有信仰，不信鬼神。

晚上，她要去侦察真相。

凌晨一点多，她拿着手电筒，在黑蒙蒙的海底缓慢地游动。

她发觉，果然有一个影子在搬树枝。

瑜美打开手电筒照射过去，看见出手。

出手只剩一只手，半边皮肤凹凸不平。

出手放下手中树枝，身体弯曲，一只手往尾巴伸去。

瑜美用手电筒照射出手的尾部，愣怔住。

出手的尾巴脖子处，绑着一条腰带，腰带上别着一个枪套。

瑜美认出这条腰带是爸爸的腰带，这把枪是爸爸的电磁枪。

出手正从枪套里摸出电磁枪。

瑜美猛拍尾巴，慌忙逃走。

游了一段距离，她才冒出水来喘气。

月亮弯弯，星星闪烁。

出手在她旁边露出头来，说："瑜美公主，对不起，我以为你是海阔，才拔出枪来。把你吓坏了吧?"

瑜美瞪着出手，气咻咻地问："你……你的枪……是从哪里得来的?"

"哦。"出手毫不在乎地说，"井本医生的。"

井本医生就是瑜美的爸爸。

瑜美勃然大怒，咬牙切齿地问："我爸爸……是不是你杀死的?"

"是。"出手并不否认，说，"他作恶多端，我为民除害！"

瑜美握紧拳头冲过去，怒吼："我要杀死你！"

出手赶快闪开，说："瑜美公主，他不是你爸爸……"

"他是我爸爸！"瑜美发觉自己赤手空拳，斗不过出手，于是说，"我爸爸的枪，你还给我。"

出手说："瑜美公主，对不起，我不能还给你，我需要这把枪。"

"你……你……"瑜美气得说不出话。

出手低声问："瑜美公主，你妈妈还好吗？"

瑜美喊："你不要问！你给我滚，我不要再看见你！你再不走，我叫海阔杀死你！"

瑜美知道出手惧怕海阔，搬出海阔来吓唬她。

"好！我走！"出手逃窜而去，"再见！"

瑜美终于发现真相。

原来，杀死她爸爸的凶手不是风起，是出手。

她错怪了风起。

要不要找风起道歉？

事情已经过去三年，风起被她多次赶走，她还有脸去找风起吗？三年过去了，风起没有再来找她。

三年前，瑜美才十二岁，是一个黄毛丫头。

现在她十五岁，已经是一个窈窕少女。

风起为什么不来看看她呢？

风起今年十八岁，他家里还有一个豆白，豆白十九岁。

根据瑜美的观察，靖雯阿姨很喜欢豆白，应该会撮合他们两个人。

现在风起在家里，如鱼得水，哪里会想到以前的黄毛丫头？

瑜美决定，除非风起来找她，她绝不会去找风起。

2051年　海底花园更美丽

虽然瑜美把出手赶走了。但她知道，出手在夜晚还是会偷偷来清理树枝。

海底花园的范围越来越大，海湾以外的范围，大部分是出手收拾的。

瑜美管不了那么多，这个大海，不是她一个人的，谁都可以清理垃圾。

敌人还是敌人，她不会因为出手做同样的事情，就把出手当朋友。

海湾里面和海湾外面的水是连贯的，就因为外面海域清理干净了，海湾里的海水更加清澈。

在晴朗的天空下，大海里的珊瑚、鱼群、虾蟹、水母、海马等等都清晰可见。

2051年　姐姐来验收

姐姐去城里工作，每个月都给妈妈汇钱。

开始工作时，她还常回来，后来交了男朋友，回家的日子就少了。

一个明亮的下午，姐姐带着男朋友回来。

这次回家，距离上一趟已经半年。

半年前她傍晚回来，隔天清晨即离开，没有看清楚海水的变化。

这次，姐姐和男朋友乘着一艘无人驾驶的快艇回来。

姐姐一上岸，就叫道："海底变得这么美丽，是一个商机啊！"

瑜美辛劳的成果，由姐姐来验收。

姐姐辞去工作，和男朋友合作开一家旅游公司。

他们的业务就是带人来游览海底花园。

她的男朋友驾驶一艘电瓶船，电瓶船后面拖着一排巨大的救生圈，每个大救生圈下面挂着一个大玻璃缸，每个玻璃缸里可以容纳五六个人。

以前，人们看玻璃缸里的鱼。现在，鱼群看玻璃缸里的人。

游客打扮得漂漂亮亮，站在玻璃缸里欣赏海底风景。

幸运的话，还可以看见美人鱼游过。

瑜美也成了游客的一道风景。

瑜美常在游客面前出现，并不是想展示自己。

她想看清楚大玻璃缸里有什么人。

她多么希望看见一个半人半鸟。

2051 年　梦寐以求的事

今年十月初，适逢中国国庆长假。

海底花园吸引了大批游客，游览船增至三艘。

姐姐的男朋友已经不再当驾驶员，而是坐在办公室里数钱。

瑜美知道玻璃缸里不可能有她想见到的人，只是远远地观望，没有游过去。

玻璃缸里有一个光头佬，见到瑜美，夸张地大喊大叫。

他在里面蹦蹦跳跳，好像脚底踩到热铁板。

瑜美朝他一笑，游开了。

傍晚回家，瑜美看见那个光头佬在家里等她。

光头佬自称是北京某家大电视台的著名主持人。

他在大玻璃缸里看见瑜美游水而过，特别惊讶。

他邀请瑜美当他的节目嘉宾。

瑜美没有兴趣，问道：“我这个样子，怎么上得了台?”

光头主持人说："我在等你回来的时候，想过这个问题。我会叫人定制一个有腿的水缸。你只需要泡在水缸里，控制水缸的腿，就可以很优雅地走上舞台。"

能够优雅地走路，是瑜美梦寐以求的事。

瑜美问："节目过后，那个有腿的水缸属于谁？"

"只要你愿意上台，它就属于你。"

一个有腿的水缸，对瑜美的吸引力太大了。

她难以抗拒，说："我可以试试。"

"我等的就是你这句话。我回去安排，如果申请批准，我再跟你姐姐联络。谢谢你！"

光头主持人跟瑜美握手道别。

2052年 忽然想起一个人

那个光头主持人，不是说说而已，他当真去做了。

今年三月，姐姐陪同瑜美，乘坐飞机去主持人所在的城市。

这归功于光头主持人特别的安排。

瑜美太兴奋了，这毕竟是她第一次坐飞机。

在飞机上，瑜美还是泡在水桶里，水桶下面有轮椅，就像在家里一样。头等舱的一张椅子被拆除，腾出空位，以便安置瑜美的水桶。

水桶放置在窗边。

瑜美把脸转向窗外，看着飞机起飞，看着飞机飞过云层。

她忽然想起一个会飞的男人，眼泪不知为什么就掉了下来。

姐姐问她："瑜美，你哪里不舒服？"

瑜美抹去眼泪，咧开嘴笑，说："没有。我太高兴了。"

2052年　机器人公司

下机时，瑜美受到贵宾般的接待，可见光头主持人的面子不小。从登机桥到出境关口，瑜美都有专人照顾。

姐姐推着瑜美出关，聚光灯向瑜美照射过来。

瑜美一抬头，看见电视台的大镜头。

她浑身不自在。

光头主持人捧着一束鲜花来迎接她。

主持人来到她身边，细声说："面对镜头，保持微笑。"

她也小声问主持人："为什么要在这个时候拍摄我？"

主持人假装客气地跟她寒暄，说："节目之前我们会播出预告片，现在录制的片段将会剪入预告片里。你不要担心，保持自然，我们在这里虽然录影十几分钟，但只选择最好的几秒播出。"

离开机场后，她们上了光头主持人的汽车。

电视台摄制组的车子一直跟在后面。

他们来到一座大厦。

瑜美问身边的姐姐："这里是电视台还是宾馆？"

姐姐没有回答。

光头主持人听见了，说："这里是机器人公司。"

瑜美问："我们来这里做什么？"

"给你训练。"光头主持人说。

"要做什么训练？"瑜美吓了一跳。

光头主持人含笑不语，故作神秘。

进了大厦，光头主持人带领他们到一个房间。

房间里面堆着各式各样的机器人。

一个瘦弱的年轻小伙子从角落站起来，问："来了？"

小伙子走到瑜美身边，没礼貌地盯着水桶里面看。

光头主持人拍了一下他的屁股，问："我们的东西呢？好了没有？"

小伙子推开几个机器人，弯身寻找。

他找到一个铁圆圈，铁圆圈下面挂着四条短短的钢腿。

他对瑜美说："这就是你的腿。"

瑜美脸色阴沉，差点儿晕倒。

这四条钢腿，和她想象中的两条美腿差距太远了。

四条机器狗的腿，怎么可能优雅？

2052 年　用意念控制

小伙子在瑜美的额头贴上两个纽扣，说："你用你的意念控制它。"

"怎样控制?" 瑜美不明白。

"你全心全意地想，向左、向右……你试试看，先向左，左!"

瑜美想向左。

"不! 不对! 我没有叫你转头。"

瑜美不好意思，把头摆正，盯着那四条腿，想着向左。

"不对! 我没有叫你的眼球转向左。"

瑜美很尴尬，控制不了自己的眼球。

摄制组的人都笑起来。

瑜美才发现，她出丑的神态全被拍摄下来。

她恨不得有一个地洞钻进去。

她闭起眼睛，排除杂念，专心想象把一个笨重的东西移向左边。

小伙子喊："可以了，向左了。现在向右。"

瑜美在脑子里把那个东西推向右边。

"对! 对! 很好! 向右了。停! 停!"

瑜美让那个东西停在头脑中间。

"非常好，现在向前，对！快点，快点，漂亮！停！后腿，快……"

瑜美依照指令推动脑海中的那个东西。

"张开眼睛。"小伙子说。

瑜美张开眼睛，亲眼看着四条腿跟随她的意念走动。

光头主持人、姐姐、摄影组的工作人员都给她鼓掌叫好。

虽然成功控制了那四条腿，但是瑜美并不是很满意。

那四条腿的动作慢半拍，不会即刻行动。

她没有说出来，说了他们也不会明白。

或许是她自己的错，她的控制技术还不熟练。

小伙子推来一个半透明的水缸，水缸的底部刚好嵌入铁圆圈里。

他在水缸里注了半缸清水，问瑜美："够了吗?"

"让我进去才知道。"

瑜美在姐姐的协助下，爬进水缸里。

她把尾巴蜷缩起来，清水淹至她的腰部。

光头主持人竖起大拇指，赞道："漂亮!"

瑜美用意念控制钢腿，钢腿顶着水缸一步一步向前走。

在众人的鼓励下，她从大厦走出来，爬上光头主持人的汽车。

别人轻松地喊着"加油"，瑜美却觉得累坏了。

她觉得还是自己的轮椅和水桶方便。

2052年　也是要录影

瑜美只想回宾馆去休息。

光头主持人却说："我们现在去餐厅吃饭。"

瑜美告诉他："我们在飞机上吃过了。"

"吃过了，也要随便再吃一点，我们已经订了餐。"

原来去餐厅，也是要录影。

瑜美疲惫地走进餐厅，热腾腾的佳肴端上来。

瑜美哑巴吃黄连，暗暗叫苦。

她只喜欢吃冷的食物，不喜欢热的。

她没办法拒绝，光头主持人答应了餐厅老板。

瑜美必须对着镜头品尝，装作很好吃的样子。

从餐厅出来，还不能回宾馆休息。

光头主持人带她去商场。

在商场里，录影的时间更长。

瑜美得拿着商品，对镜头展开笑颜，有时还要背几句台词。

瑜美走了几家商店，累得精神难以集中，走走停停。

瑜美问光头主持人："我很累，可以回宾馆休息了吗?"

光头主持人充满歉意地摇头，说："现在还不行，还得去另一个商场。我们已经答应了商家。你知道，他们都是赞助商，没有他们就没有我们，请你多多包涵。"

2052 年　我就嫁给他

瑜美被折腾了一整天，晚上才回到宾馆。

她和姐姐进入房间，正想休息，光头主持人却跟着走进来。

光头主持人说："明天我们就进录影棚，我现在先跟你谈谈。明天，在节目里面，我称你为人鱼公主，你有意见吗？"

瑜美只想快点结束，说："没有意见。"

光头主持人接着说："你在节目中只出现三分钟，但我们得录影十几二十分钟。"

"没问题。"瑜美说。

"你上台后，我问你问题，其他男人也问你问题，你爱怎么答就怎么答，不必负责任。你在节目中说的话，不需要当真……"

姐姐插嘴问："其他男人是谁？"

光头主持人含笑说："都是帅气男生，我叫他们王子。"

姐姐追问："这是一个什么节目？"

光头主持人说："这是一个有趣的配对节目。"

"配对?"姐姐嚷道,"是不是相亲?"

"嗯……"光头主持人点头说,"也有人这么说。"

姐姐气呼呼地问:"那要是对上眼了就要嫁给他?"

"说是这么说,但这不是真的。"

姐姐不放心,说:"万一对方当真……"

光头主持人摸出一张纸皮厚度的平板电脑。

他指着一行文字说:"你看,每一个参加者都必须认同这一份协议书,在节目里说的话纯粹为了节目效果,不能作为法庭证据,也无须承担任何责任……"

"可是……"姐姐还想争辩。

瑜美说:"没关系,相亲就相亲。谁要娶我,我就嫁给他。"

"你……"姐姐转过头来瞪瑜美一眼。

光头主持人对姐姐说:"不要紧张,她才十七岁,就算她答应嫁,还需家长同意。"

瑜美接过协议书,看都不看,就在平板电脑上面盖拇指印。

2052年　给我两条腿

她在节目里乱说话。说了什么,自己也记不清。

瑜美只记得一句:"谁愿意给我他的两条腿,我就嫁给他。"

她记得十二岁那年，曾经要求风起把他的两条腿送给她。

现在她说这句话，也是说给风起听的。

也许是气话，生气风起不来找她。

也许是想告诉风起，你不要我，我就嫁给别人。

她没有后悔这么说。

她希望风起看见这个节目，理解她的意思。

2052 年　购物会上瘾

电视台的节目，风起有没有看见，瑜美并不知道。

瑜美只知道，风起没有来找她。

节目的播出，最大受益者是姐姐。

姐姐和男朋友经营的旅游生意更加红火。

来参观海底花园的大陆游客，都希望能在玻璃缸里见到人鱼公主。

姐姐并没有忘记瑜美的恩惠。

她知道，这个海底花园是瑜美建立的。

她也知道，瑜美对游客有巨大的吸引力。

年终分红时，她把一半的盈利分给瑜美。

瑜美对金钱没有概念。

她从来不花钱。

一天三餐，都是妈妈帮她张罗的。

她所需要的日用品，家里也应有尽有。

姐姐告诉她："你已经是一个小富婆，银行户头里有很多钱。"

她听了，一点儿喜悦都没有。

她问姐姐："那又怎样?"

姐姐教她网上购物，只要看见她喜欢的，可以直接支付。

瑜美浏览购物网页，果然看到很多美丽的小摆设。

她看了喜欢，随手点几样。

第二天，物品就送到她家。

购物会上瘾，一个月后，房间里面就堆了几十样摆设品。

有些东西，今天买了，明天就不想要。

有时，商品送来，还在盒子里，瑜美懒得拆开，就将它搁在角落。

货物堆积如山，虽然姐姐没说什么，瑜美也会反省，学会克制。

尽管她还是会浏览网页，但在点击之前，会停下来再三考虑。

2052年　每天看一眼

有一个标本，是在拍卖网看见的。

瑜美不假思索，马上点击，非买不可。

不管别人出价多少，她总会以更高的价格压倒别人。

最后，当然是她拍得此物，不过，几乎花光户头里的钱。

瑜美没有后悔。

这个标本送来后，她定做了一个玻璃框架，把标本放入玻璃框架里。

她把标本摆在房间里最显眼的地方，每天都深深地望一眼，重重地吁一口气。

钱花光了也好，不必游览购物网站，省下时间，专心做学问。

她每天和各地学者交流，生活很充实。

2052年　泄心头之愤

姐姐敲门进她的房间，告诉她一个好消息："妹妹，我要结婚了。"

"恭喜你！"瑜美真心替姐姐高兴。

"我们想到希腊爱琴海去旅行结婚。"姐姐说。

"好啊！太好了！"

瑜美知道爱琴海是一个美丽的地方，她认识那里的一个海洋学者。

姐姐转入正题，小声地说："可是，旅游经费还不够，我想跟你借五十万元。明年我分了红，一定还你。"

瑜美尴尬地说："姐，对不起，我没有钱了。"

"什么？"姐姐叫了起来，"我们不是分给你一百万吗？"

"我买了东西。"瑜美低下头来。

"你买了什么东西？需要那么多钱吗？"姐姐情绪激动。

瑜美指着房间里的玻璃框架："这个。"

"这是什么东西？要多少钱？"姐姐走过去看。

瑜美嗫嚅说："九十……九十……七万。"

"九十七万？你买这个废物？你被人骗了！"姐姐疯狂地大叫。

瑜美不认为是废物。她觉得值这个钱。

姐姐开门出去，边走边喊："天哪！天哪！"

瑜美觉得奇怪。

钱给了她，不就是她的吗？她买她想要的东西，错了吗？

玻璃框架里的标本，瑜美看了能泄心头之愤。

她心头有太多怨恨。

每天看它一眼，怨恨减少一点儿，这样不是很好吗？

2053年　警铃响起

瑜美不再清理枯枝，可是，每天岸边还是有一堆枯枝。

这些枯枝一根根摆得整整齐齐。

她知道是出手捡回来的。

出手爱做什么就做什么，出手做的事与她无关。

这些枯枝不是她需要的，不会去碰它。

不管出手做了多少，她还是不会原谅出手。

瑜美没有想到，有一天，她还真需要这些枯枝。

那天，她吃完午餐，正要下水。

海湾里有三艘拉着游客的电瓶船。

每艘电瓶船后面拖着一列七个大救生圈。

每个救生圈都挂着一个沉在水里的玻璃缸。

玻璃缸上还有一个像雨伞的盖子，能遮阳挡雨。

游客就站在玻璃缸里欣赏海底美景。

瑜美在走廊上观望游客。

她依旧蜷缩在轮椅上的水桶里。

电视台送她那个可以用意念控制的四条腿水缸，她不想用。

用意念控制，太费神了，而那四条腿，也走得不快。

"铃……"

一艘电瓶船响起警铃，玻璃缸里的人尖声大叫。

玻璃缸摇摇晃晃，是谁在下面搅乱?

海面上的粼粼波光干扰视线，她在走廊上无法看清楚水底情形。

会不会是出手?

一定是出手!

瑜美义愤填膺。

她来不及乘电梯下水去，直接从水桶里跳出来。

她尾巴一扫，打翻了水桶，越过栏杆，跳进海湾。

在海水里面，一切历历在目。

瑜美看清楚了。

她手足无措，不知如何是好。

2053 年　一条大鳄鱼

海水里面，有一条大鳄鱼。

说它是鳄鱼，又不全然是鳄鱼。

它有人类的手臂和双腿，不过比人类的大。

大鳄鱼伸出手臂，捧着一个大玻璃缸摇晃，眼睛盯着大玻璃缸里东倒西歪的人，大嘴巴露出淘气的笑容和尖锐的牙齿。

救生圈倾斜，海水溢进玻璃缸。

玻璃缸里的游客浸在水里。

这条大鳄鱼，身形比瑜美大三倍。

它的大嘴巴，能够把瑜美吞进去。

它的大尾巴，能够把瑜美扫得飞起。

瑜美能拿它怎么办？

她冷静下来，发现大鳄鱼不只有人类的手脚，也有人类的肚皮。

肚皮应该是大鳄鱼最脆弱的部分。

瑜美游向岸边，抽出两根树枝。

她握着树枝，往大鳄鱼肚子上捅去。

大鳄鱼浑身一抖，放开玻璃缸，低头看见瑜美，张开大嘴巴。

瑜美机灵地避开，拿着树枝戳大鳄鱼的鼻孔。

大鳄鱼尾巴一摇，向瑜美扑去。

它哪有瑜美快，瑜美闪开，向大海那边游去。

瑜美企图把它引开，引向大海。

大鳄鱼追了一阵，发觉追不上瑜美，转回头，又要去玩弄游客。

三艘电瓶船紧急撤离，拖着游客驶向岸边。

电瓶船靠岸后，后面的玻璃缸还在海湾里。

大鳄鱼游向最后一个玻璃缸。

瑜美用树枝戳它的肚皮。

大鳄鱼强忍着肚皮的痛痒，硬是要把玻璃缸弄翻。

瑜美冒险游向前，去拖它的一条人腿，咬它的脚指头。

大鳄鱼大怒，尾巴扫向瑜美。

瑜美一阵剧痛，飞到半天高，才掉回海里。

她摆一摆尾巴，还好，尾巴还能活动自如，只受了点皮外伤。

姐夫穿着救生衣，持着一把猎枪，驾一只电瓶船趋向大鳄鱼。

瑜美看见姐夫持枪的双手在发抖。

大鳄鱼转身，用尾巴一扫，电瓶船翻了。

姐夫跌落海里。

瑜美游过去救姐夫。

姐夫见瑜美过来，像抓到浮木，紧紧箍住瑜美的脖子。

瑜美透不过气来，也叫不出声音。

大鳄鱼张开大嘴巴要咬瑜美的尾巴。

来不及躲避，完了！

2053 年　瑜美不想听

她闭起眼睛，等待断尾之痛，却没有什么事情发生。

瑜美扭头一看，大吃一惊。

大鳄鱼在海面翻滚，鲜血染红了清澈的海水。

姐姐在岸边喊："出手!"

出手在水里露出头部，举手握着电磁枪。

大鳄鱼不再挣扎，四肢伸长，往海底沉落。

瑜美推开姐夫，说："好了，回去吧。"

出手问瑜美："你没事吧?"

瑜美说了声"谢谢"，头也不回，径自游向水上房子。

她对妈妈喊道："把我的轮椅推进电梯!"

妈妈在走廊上喊："是出手吗? 出手回来了? 太好了!"

她不想听，一个猛子扎入水里。

2054年　抬头看天

出手出现后，瑜美就对海底花园失去了兴趣。

姐姐聘请出手当保安，确保游客的安全。

瑜美不想干预姐姐的这项决定，她知道姐姐也不会放弃这个便宜。

姐姐虽说是聘请出手，可是出手不是人类，没有身份，没有户头。

出手替姐姐白白做工，不需要工资。

出手乐意为姐姐工作，要的不是钱，要的是人类的赞赏与肯定。

能够保护人类，让她有成就感。

瑜美读过海洋学，了解海豚。

海豚天性乐于助人，历史曾记载，海豚在海里救过人类和鲸鱼。

出手是半只海豚，却保留这种好管闲事的天性。

瑜美不想把出手赶走，还有另外一个原因。

出手能陪妈妈聊天。

自从出手出现后，妈妈的心情变得开朗。

瑜美并不想和出手碰面。

每天在出手来之前，她就离开海底花园。

她就是会记仇。

出手杀死她爸爸，即使救了她，她还是不能原谅出手。

她不原谅出手，出手并不难受，难受的是她自己。

她不想见到出手，有时一不小心碰上了，她心里就不爽快。

出手见到她，还是开开心心的。

瑜美明白，不原谅别人，自己受罪。

可她就是不能原谅，有什么办法？

瑜美保持忙碌，每天在海里找寻新奇的生物。

她研究海洋生物已经进入第七个年头。

附近的海域，她跑了几百遍。

开始几年，常常有新发现。

最近一段日子，她已经没再见到新东西。

她开始厌倦，却又不能不出去。

她不想待在家里。

出手没事就守在她家走廊外面，等妈妈出来跟她说话。

有时听见出手和妈妈谈笑风生，她心里还是酸溜溜的。

2054年　是谁都不重要

就在瑜美最失意的时候，郭氏专科医院捎来好消息。

有人要捐两条腿给瑜美。

郭院长打电话来时，瑜美不在家。

郭院长请瑜美第二天回电给他。

瑜美真不敢相信有这样的事。

她虽然随口对男人说，如果谁给她两条腿，她愿意嫁给他，但是她不相信真有男人愿意割下自己的两条腿给她。

要是这种事情真的发生，她要不要履行承诺，嫁给那个男人？

好歹也要看看那个人长得怎样，什么年龄，何种德性。

会不会那个要捐腿给她的人就是风起？

想到这里，瑜美怦然心动。

如果真是风起，她不会接受。

她不忍心看见风起切断双腿。

若风起有这个心意，她就很感激了。

不可能。

如果是风起，还需要医院来转达消息吗？

风起不会自己来吗？

七年了，他一次都不来。

他早已经把瑜美忘了。

或许，人家早已结婚生子，过着幸福的日子。

干脆把自己嫁掉吧！

如果不是风起，是谁都不重要了。

瑜美一夜难眠。

第二天，瑜美鼓起勇气打电话给郭院长。

郭院长听说是瑜美，声调提高，说有一个男人愿意捐两条腿给她，问她愿不愿意接受。

"郭院长，请问这个男人是谁？今年多少岁？我可以先跟他见面吗？"瑜美一口气问了三个问题。

"对不起。他只愿意告诉你他的洋名叫菲力，不愿意跟你见面，身份也保密。"郭院长在电话中说。

"可是……"瑜美不知道怎么说要不要嫁给他的问题，"以后……"

郭院长似乎明白她的意思，说："菲力说，你不需要报答他。"

"他对我有什么要求？"

"菲力说，他唯一的要求就是希望你接受他的两条腿。"

什么要求都没有？

天下哪有这么好的人？

其中会不会有诈？

"我可以考虑考虑吗？"瑜美问。

"当然可以。不过，在你考虑的同时，请你来医院做一个身体检查。我想先做一个评估，看你适合不适合进行这项移植手术。如果不适合，就算他愿意捐献，你愿意接受，我也无能为力。"

郭院长说的有道理，在体检过关之前说什么都没用。

2054年　盆骨太小

次日，姐姐就带她到郭氏专科医院去检查。

郭院长六十岁左右，高高瘦瘦，白发，驼背，方脸，小鼻小眼，为人和善，说话声音不大。

他很贴心，让瑜美躺在床上时，在尾巴的下面铺一块湿毛巾。

郭院长为瑜美扫描和验血。

十五分钟后，结果出来了。

他拿着体检结果，对瑜美说："很好，血液各方面都适合，无须调整。更令我吃惊的是，你有人类的五脏六腑。

就只有一个问题。"

"什么问题?"瑜美紧张地问。

"你的盆骨太小,恐怕支撑不了股骨。"郭院长严肃地说。

"那该怎么办?"瑜美问。

郭院长说:"如果你信任我,问题让我来解决。不过,有一定的风险。可能成功,可能失败,五十对五十。你敢不敢冒险?"

瑜美凝视郭院长那小而目光坚定的眼睛。

凭她的直觉,这个人可以信任。

她问:"失败的话,什么下场?"

郭院长说:"失败的话,你的大尾巴再也接不回去,但是,你还可以装上一双人类的义腿,勉强还能走路。"

瑜美不想再回到大海,她的下半生要在陆地上行走。

如果有一对如假包换的人腿当然最好,退而求其次,有一对义腿也不算太差。

瑜美毅然地说:"我愿意冒险。"

2054年　像女人的腿

瑜美躺在医院里的时候,不是很痛苦,对自己一双腿感到很好奇。

她看着自己的双腿，幻想它们的前主人到底是谁。

她希望它们是风起的，又不希望风起切去双腿，心里真矛盾。

风起那双腿到底长得怎样？

她记不起来。

风起的腿没有什么特征，就像女人的腿。

她现在这双腿也像女人的腿。

她怀疑那个菲力根本就是女人。

为什么一个女人要把腿留给她？图的是什么？

也许不图什么，也许她的生命已到尽头，只想让一双腿活下去。

按摩师天天来给她按摩两条腿，可是她的两条腿没有感觉。

手术一个月后，郭院长很失望，认为手术失败。

他说："循环系统通畅无阻，就是神经系统接不上。"

瑜美感到歉意，辜负了捐赠者的好意。

两条腿，光能看，不能用。

有一天，妈妈拿饭来给她吃，在她脚边整理提盒。

妈妈打开提盒的时候，一滴热水滴在瑜美脚趾上。

瑜美叫了一声："呀！"

这一声"呀"，惊动了整个郭氏专科医院。

郭院长奔过来，用手指戳她脚底。

她说："痒痒。"

郭院长欢呼："成功了。"

慢慢地，瑜美学会移动脚趾、脚板和两条腿。

接着，她可以下床来学习走路。

郭氏专科医院让她出院，回家练习走路。

2055年　喜欢并腿跳

出院快一年，瑜美还不能自然走路。

她的房间里面，多了一张床，还有一架复健机。

晚上她躺在床上睡觉，觉得全身放平，实在舒服。

以前在水桶里，尾巴蜷曲，肩膀靠在桶边，歪着头睡，颈背酸痛。

现在睡醒，睁开眼睛，身体如在浮云中，不想起身。

她每天醒来后，躺在床上练习提起单腿。

左腿十下，右腿十下，左右轮流各十下。

下床后，还得在复健机上学习走路，协调两腿和手臂的动作。

其实，她已经可以抛弃拐杖自己行动，还能够跳。

她跳得很好。

医生并不满意，还是要她拄着拐杖，一步一步地走。

一步一步地走，真不容易。

她喜欢跳，合并双腿跳。

姐姐说这样不好看，好像僵尸，会吓到她的儿子。

姐姐的儿子才几个月大，不会走路，哪里知道什么是僵尸？

她面对的最大的问题，就是她的两条腿不易分开，行动一致。

合起双腿，动作简便得多，所以，她喜欢并腿跳。

医生说，也许瑜美十多年来用尾鳍游泳，神经系统习惯了，以为双腿是尾鳍，左右行动一致。

2055 年　今天有稀客

一个炎热的中午，她在复健机上学习走路，汗涔涔的。

姐姐敲门进来，说："有稀客来找你。"

"谁？"瑜美心里怦怦跳。

有了双腿后，她还没有见过外人。

姐姐卖关子："是不一样游乐园的哥哥，七八年没见了。"

"风起哥哥？"瑜美叫起来。

瑜美要用双腿走路去见他。

她从复健机上下来，却还是像僵尸一样并腿跳。

不，她必须优雅地走。

左腿……右腿……她趔趔趄趄，一不小心跌坐在地上。

姐姐过来搀扶，吞吞吐吐地说："不是……不是……"

瑜美抬头一看，客人已经走进房门。

他一身宝蓝色护霜，戴假发，头发油亮。

不是风起哥哥，是海阔哥哥！

"是你?"瑜美一脸错愕，瘫在地上，不愿起身。

海阔保持僵化的笑脸，油腔滑调地说："瑜美，好久不见，你还是这么漂亮。"

他蹲下来看瑜美的双腿，喊道："Surprise！你也装了义腿?"

海阔伸手要摸瑜美的腿。

瑜美赶快往后缩，扶着姐姐站起来。

她倒退跳到床边，坐在床上。

她怒瞪着海阔，问道："你不是在监牢里吗?"

海阔抬头，傲然地说："哼，我从来没有蹲过监牢。犯罪的人不是我。我只是年少无知，被人误导，才干了傻事。我已经洗心革面，重新做人。政府送我去读书，我以第一名的成绩在法律学院毕业……"

瑜美听不下去。

她听见海阔说"被人误导"，显然就是在说他所做的坏事都是爸爸指使的。

海阔无罪，把所有罪名推给爸爸。

爸爸死了，所以他变好了。

他踏过爸爸的尸体走向好人之路。

瑜美气昏了头脑，没有察觉海阔已经在她身边坐下。

海阔打开卷起来的超薄平板电脑，说："瑜美，你看，这是我为你写的论文，确保不完全人类的合法地位。你看，献给……"

"我不要看！"瑜美满脸怒容，说，"我不是不完全人类，我已经是完全人类。"

"哦！"海阔竟然把手放在她大腿上，说，"你装了义腿，变成完全人类了？"

瑜美推开他的手，怒吼："不要碰我！"

海阔耸耸肩，嘲笑说："义腿也有感觉？"

瑜美气愤至极，别过脸去，不看他。

海阔把一个冷冷的牌子塞入瑜美手心。

"我得到的最高荣誉，送给你。"

瑜美把手中的金牌掷出门口。

"我不要！"

金牌在地面弹了两下，跳出栏杆，落入海里。

海阔追着金牌，痛惜地大喊："掉进大海里了！"

姐姐跟着海阔出去，回头骂一句："瑜美，你怎么这样无礼？"

瑜美一跳一跳到门边，"砰"的一声把房门锁上。

她听见姐姐安慰海阔说："瑜美长大后，就变得不想见人。她对你这样，对风起也这样。风起来时，她也拒绝见他。"

姐姐太不了解瑜美了。

瑜美最想见的人就是风起哥哥。

她听见海阔跳下水捞金牌。

海阔临走前，敲房门说："瑜美，我想拿回我的电脑。"

瑜美从床上捡起平板电脑，卷成一卷，开门交给海阔。

海阔身体湿淋淋，光着头，手里握着假发，嬉皮笑脸地问："我还有一个好消息，你要不要听？"

瑜美木然，冷眼看他，没有回答。

海阔说："小孙没有死。"

小孙还活着？

这的确是一个好消息。

小孙是爸爸的亲生儿子；他除了瑜美这个姐姐，已经没有亲人了。

爸爸死前，还以为小孙已经死了。

瑜美终于开口问："他现在住在哪里？"

"关在动物园里。"

"哪一个动物园？"

"白叶山动物园。要不要我带你去？"

"不用！"

瑜美说完，把门一甩关上了。

海阔在外面喊："你是小孙的姐姐，你也不去看他?"

瑜美身为小孙的姐姐，看着小孙长大，当然要去看小孙，只是不要海阔陪。

她得先学会走路，才能到动物园去。

她不想让小孙看见她坐在轮椅上。

瑜美下苦功学习用左右腿分开走路。

她一边走一边用脑子记住，左腿、右腿、左腿、右腿……

姐姐问她辛苦不辛苦，她说："比用意念控制那四条腿容易多了。"

2055年　见到小孙

姐姐陪瑜美去白叶山动物园。

她们找到了"有人脸的黑猩猩"笼子。

黑猩猩坐在树杈上，背对着人们。

这是小孙吗?

他瘦骨嶙峋，身体多处脱毛受伤，好像受到虐待。

瑜美大声喊："小孙! 小孙!"

黑猩猩抬臂低头看她。

藏在腋下的脸，真的像小孙。

小孙吓得大叫，用手抓后脑勺，抓出一撮一撮的毛。

他一定是自惭形秽，不想别人见到他。

瑜美给他信心，给他打气，喊道："小孙，你不要这样。你要记得，你是王子。"

小孙变本加厉，在树上暴跳，不肯转过身来。

他吼道："你滚！你给我滚！"

姐姐拉扯瑜美，附在她耳边细声说："小孙今天情绪不稳定，我们改天再来吧。我会跟园长联络，设法把小孙救出来。"

于是，瑜美对小孙说："好。我走了。我会再来的。"

第二天，姐姐联络上动物园的园长，询问小孙的状况。

园长在电话中说："那只人脸黑猩猩吗？非常抱歉，昨晚他从树上跌下来，跌破头死了。"

瑜美再见到小孙时，只是一具冰冷的尸体。

瑜美流着眼泪去见他，铁青着脸回来。

她受了惊吓。

小孙死状瘆人。

2056年　要找菲力

瑜美已经能够优雅地走路。

她要找菲力，亲口对菲力说谢谢。

她打电话问郭院长，探听菲力的线索。

郭院长守口如瓶，嘴巴密不漏风。

他说："我答应过菲力，不能透露他的身份。"

她亲自拜访郭院长，央求说："郭院长，拜托你。你担心我去骚扰菲力，不告诉我菲力人在哪里，至少你也该告诉我，菲力是男是女，是死是活。我这双腿来得不明不白，心里难受啊！"

郭院长说："瑜美，只要你记得，曾有一个叫作菲力的人，给你一双腿，就够了。他给你一双腿，希望你能够向前走，过着陆地上的新生活，而不是希望你用一双腿来找寻他。"

瑜美听了郭院长的话，放弃寻找菲力。

她只是暗中祈祷，祝愿菲力健康地活着，过着美好的日子。

2056年　心里怦怦跳

瑜美的生活也有了变化。

她常在周末陪着姐姐去逛街。

姐姐也需要她帮忙照顾孩子，帮忙推婴儿车。

有一个周末，她们逛街回来，坐着电瓶船回海湾。

海湾码头边停着一艘红色快艇。

家里来了客人。

她还没有回到水上房子，就听见别墅里传来靖雯阿姨的声音。

瑜美慌了手脚，从水上房子走向别墅，又从别墅走回水上房子，在小路上徘徊，心里怦怦跳。

靖雯阿姨一个人来，还是带着风起来？

她希望走入别墅时会看见风起，又担心会失望。

她不敢面对现实。

姐姐察觉出她的异常，走到她身边，小声地说："风起没有来。"

瑜美按捺住心中的失望，强忍住泪水说："我又不是等他来。"

她鼓起勇气走进别墅见客人。

靖雯阿姨端详着瑜美，说："我真认不得你了，变成另一个人了。"

瑜美腼腆地说："换了两条腿。"

"走一圈给我看看。"靖雯阿姨要求。

瑜美像模特儿走T型台一样，用猫步在靖雯阿姨面前走一圈。

靖雯阿姨赞道："婀娜多姿。"

妈妈说："她学走路学了两年。"

靖雯阿姨说："不容易啊。从没有腿，到有腿，到学会用腿走路。"

妈妈说："终于上岸了。不过，她还长不大，像个小孩子。"

"长大了，现在亭亭玉立，跟以前完全不一样。"

靖雯阿姨的眼睛不客气地打量她。

"以前你见到她，她大概才十二岁吧。现在她二十一岁了。"妈妈说。

她说的没错，九年了。

靖雯阿姨带着风起离开，至今九年了。

靖雯阿姨说："不。我上一次见到瑜美，瑜美十七岁。"

"我十七岁?"瑜美诧异，"阿姨，你在哪里见到我。"

"一个电视节目。"靖雯阿姨说，没有笑容。

瑜美两颊发热。

靖雯阿姨看见了，风起看见了吗?

她吧嗒吧嗒着嘴，不好意思开口问。

妈妈说："那件事别提了，丢脸哪。再说蛋猫，你刚才说你把蛋猫送去非洲? 为什么?"

妈妈关心蛋猫，似乎多过关心风起。

瑜美耐心地听完蛋猫的故事。

妈妈又问靖雯阿姨白马的事。

瑜美忍不住插嘴："阿姨，风起哥哥现在好吗?"

靖雯阿姨先是一愣，接着微笑点头，简短地回答说："很好啊。"

瑜美又问："他还常常飞吗？"

"飞。"靖雯阿姨勉强一笑，"飞得比以前更高了。我倒不觉得怎么样，他自己很满意就够了。"

瑜美不让妈妈说话，赶紧又问："他还……蹦蹦跳跳？"

这是什么话？

瑜美自己都觉得可笑。

风起以前也很少蹦蹦跳跳。

她这么问，只是想知道风起是否还有两条腿。

靖雯阿姨并没有觉得她这么问有什么不妥，认真地回答："是的，还蹦蹦跳跳，跳得比以前更高了。"

瑜美不想再问了，什么都清楚了。

她想哭。

她告诉自己，眼泪不可以掉下来，不要让靖雯阿姨把她的笑话带回家。

她甚至告诉自己，再去找菲力吧，嫁给菲力吧。

可是，去哪里找菲力？

2057年　得来全不费工夫

踏破铁鞋无觅处，得来全不费工夫。

瑜美找不到菲力，菲力自动出现在她眼前。

网络上传着一个短片，短片主角是一个被切去双腿的男人。

男人说，他是为了一个女孩自愿切去双腿。

瑜美认定，自愿切去双腿的男人一定是菲力。

瑜美把短片看了一遍又一遍，就是为了看他。

她见过无数男人，没有一个长得比他好看。

这么好看的男人，为她切断两条腿，瑜美看得泪流满面。

2057年 踏出一步

瑜美登门造访，在菲力家门口按门铃。

"请问菲力先生在家吗?"

菲力给她开门。

瑜美明知他是菲力，还问："请问菲力先生在吗?"

菲力错愕，说不出话来，眼睛直勾勾盯着她，从头看到她的脚。

瑜美只好再问："你是菲力先生吗?"

菲力没有否认。

后来，瑜美直接地告诉菲力："谁给我两条腿，我就嫁给谁。"

菲力听后，把瑜美搂在怀里。

瑜美踏出这一步，都是菲力给的。

2058 年　人生绮丽

瑜美和菲力结婚，从此过着幸福快乐的日子。

瑜美没有丝毫遗憾。

菲力是她的唯一。

瑜美常常对菲力说："有你在身旁，人生变得绮丽!"

第十章

风起的结局

2047年　寻找瑜美

圆圆的夕阳挂在天边。

风不大，浪不高。

风起在空中鸟瞰海面，盘旋而下，犹如一只觅食的老鹰。

他在寻找瑜美。

瑜美时常躲在海水里面，难得一见。

有时她把上半身露在海面上，不潜入水里。

今天，她就这么露出来。

太好了！

风起收起翅膀往下飞去，大声喊："瑜美——"

瑜美缓缓抬起头，看见风起，就好像只看见天空。

她把眼光移开，移向远处的夕阳……

风起接近海面，呼唤："瑜美！"

瑜美似乎没有听见，埋头沉入海中。

层层叠叠的波浪像一匹蓝色绸布，把她完全掩盖。

她就如此神奇地在海面上消失。

风起多么希望自己是一只天鹅，能够把头伸进水里去看。

他只能在海面上，绝望地大喊一声："瑜美!"

瑜美无动于衷，不再现身。

2047年　为她完成心愿

风起失望地飞向水上房子。

他在饭厅旁边的草地降落。

余妈妈和管石正在吃晚餐。

两人同时转头，隔着栏杆瞥他一眼。

她们没有打招呼，又继续低头喝汤。

她们不欢迎风起。

风起厚着脸皮走向她们。

管石放下汤匙，也没看风起，只是问道："你又来做什么?"

风起腼腆地说："我想等瑜美回来。"

余妈妈抬头，瞅着风起，劝说："风起，你回去吧。瑜美不想见你，你别等她。"

风起委屈地说："余妈妈，我只是想问瑜美，我做错了什么?"

余妈妈浅浅一笑，说："风起，你不必问她。我知道答案。你并没有做错什么。你一直都是一个好孩子。我理解你。"

"我没有做错什么，为什么她不愿意见我？"风起不满地问。

余妈妈沉默片刻，说："如果一个人不愿意看一朵白云，不见得就是那朵白云的错。如果硬要说谁对谁错，只能说那个不看的人错，那个人错过了白云。瑜美不愿意见你，是她的错，她错过了你。"

风起坦然说："余妈妈，我和瑜美之间，只是误会。她以为我杀死井本医生，可是我真的没有杀死他。我不知道应该怎么跟她说，她才会相信。"

管石插嘴说："既然你跟我妹妹说了，我妹妹也不相信，那你就不用再跟她说了。我知道，你已经跟她说了很多遍，再说一千遍也是徒劳。我妹妹相信她自己的眼睛，不会相信你。"

余妈妈接着说："你杀死井本，我很感激你，只是瑜美不能谅解，她一直把井本当亲人……"

风起忍不住打断余妈妈的话，说："我真的没有杀死井本医生。"

管石叹了一口气，说："这是一个悬案，多说也没有用。我妹妹不会原谅你的。你回去吧。你待在这里，我妹妹又不愿意出来吃饭了。难道你又要让她挨饿吗？"

风起反问："那你说，我应该怎么做？"

管石冷淡地说："你什么都不用做，做什么她都不会原谅你。"

风起深深呼吸，然后说："好吧。不管她原谅还是不原谅我，我希望，我能够为瑜美完成一个心愿。管石姐姐，我拜托你，你今晚帮我探听，瑜美最大的心愿是什么。明天，我再来问你，好不好？"

风起转身离去。

他不能忍受管石的冷漠。

余妈妈在他背后说："风起，你年纪轻，别浪费时间在瑜美身上。这个时候，你应该利用时间努力求学，打好基础，以后，做一个有用的人。以后，瑜美长大了，明白事理，自然不会怪你。"

风起回头，礼貌地说："谢谢余妈妈，再见。"

管石说："明天你不用再来。我知道我妹妹最大的心愿是什么。"

余妈妈惊奇地问："你知道？"

风起驻足，听管石怎么说。

"我妹妹常常说，她最羡慕普通人。要是她能够做一个普通人，像普通人一样走路，她终生无憾。"

管石的话，如阳光照耀，一切豁然开朗。

这些话，风起也听过。

瑜美希望能走路，不希望泡在水桶里。

他一定要帮助瑜美完成这个心愿。

"谢谢你，管石姐姐。我知道了。"

风起蹬腿，扇动翅膀，往自己的家飞去。

他下定决心，不再来打扰瑜美。

2050年　为了她的两条腿

风起天资过人，苦读三年，已经有研究生的水平。

这个年代，无须文凭，只要具有理论基础，就可以做研究。

风起开始学习时，得到豆白的指点。

豆白正在研究解决人类粮食的问题。

任教授去世后，她接任教授的班，研究粮食基因学。

风起读书有不明白之处，就会向豆白请教。

豆白教导风起，却常常气到七窍生烟。

她常常对风起嚷道："以后，不要再叫我教你了！"

风起也不是故意激怒豆白的。

他怪自己直白，不会装作不懂。

豆白每次讲了理论，只要说一个头，风起就知道尾。

风起忍不住把结论说出来。

豆白听了，就骂风起，说他自己都会了，还要叫她教。

风起只好自学，用电脑下载课文。

每一篇课文，他只需读一遍就理解。

每读完一门课程，他都会参加网上考试。

他考了大学数学、化学、物理、生理学、动物学、骨骼学、神经学……几乎都是满分过关。

豆白看见他辉煌的成绩，问他："你读这么多书，打算做什么？"

"我想给瑜美做两条义腿。"

豆白吃惊。"你读书就只是为了这个？"

风起坦承："就只是为了这个。"

"没出息！"豆白骂道。

2050年　把两年给了她

豆白批评风起："你只为了一个人做研究，研究范围太狭窄。"

"我不管别人怎么看。这是我的心愿，我只是想完成自己的心愿。"风起不认为这是一件羞耻的事情。

"随便你。你有你的自由。"豆白劝他说，"在你做研究之前，不妨先调查市面上的义腿。我看过非常精致的义腿，做得跟真腿一模一样，能走能跑，能蹲能跳。既然有现成的，你何必花时间去研究？"

风起说："我调查过了。市面上的义腿都需要人类的盆骨。"

豆白恍然大悟。"我忘了瑜美有海豚的下半身，海豚没有盆骨。"

"你只说对一半，"风起不客气地指出她的错误，"海豚下半身没有盆骨。可是瑜美的下半身不是海豚，是儒艮。"

"难道儒艮就有盆骨？"豆白对动物没有研究。

"有。不过儒艮的盆骨小，不适合装置人类的义肢。"风起低着头说，"我问过妈妈，妈妈说那是没办法解决的问题。"

"你不信你妈妈的话？"豆白用眼角瞟风起，"你要证明给她看你的厉害？"

豆白以小人之心度君子之腹。

风起不介意，笑着说："我没有想要证明什么，只是觉得，没有尝试去做，我不甘心。趁我还年轻，我想用两年的时间解决这个问题。如果两年后还找不到答案，我才放弃。"

他要把这两年，奉献给瑜美。

2052年　神经和电子结合

两年过后，风起尝到挫败的滋味。

他买了一个儒艮骨骼。

这个骨骼架在一个玻璃箱子里，放在他的"飞行室"。

妈妈在房子顶楼建了一个宽大的飞行室，让风起在室内飞翔。

现在他把飞行室改装成实验室。

风起常常拿了一张圆凳，坐在玻璃箱子旁边，仰望儒艮小小的的盆骨。

他呆呆地注视，可以注视老半天，还看不出一个所以然。

他用骨骼物理来计算，这么小的盆骨，无法承受人类腿骨的压力。

他也想过用钢铁加强盆骨的硬度，但是它弯曲的角度不对，勉强把股骨接上去，两腿八字分开，行动依然不便。

即使这些问题都解决了，还有一个神经系统问题。

目前的义腿，多采用电子智慧系统，靠仪器估测调整动作。

风起想让瑜美的动作更自然，直接由脊神经来控制双腿。

神经系统非常复杂。

问题越复杂，越引起风起的兴趣。

普通人眼中的复杂难懂，对于风起来说简单得如喝水。

大学教授感到复杂难解的问题，风起才觉得具有挑战性。

有一个教授尝试把神经末梢和电子系统连接，十年仍然没有成功。

风起被这个课题吸引了，一头栽进去。

这两年里，他虽然解决不了瑜美公主双腿的问题，对神经末梢的连接却有突破性的发现。

他以青蛙做试验。

青蛙的神经已经能够操控电子义腿，而且跳得比以前更高。

2052年 瑜美需要两条腿

妈妈告诉风起："风起，你无须为瑜美研究义腿了。瑜美需要的不是你的义腿。"

妈妈让风起看一个电视节目，风起看后如坠落谷底。

风起想不到瑜美会上这种愚蠢无比的节目。

那个节目有一个愚蠢且老土的名字："邂逅王子。"

说开来，它只不过是一个相亲节目。

一排自以为是王子的年轻男子虎视眈眈地等候，等待心仪的公主上场。

他们看起来，各个风流倜傥，可是他们的谈话内容空洞无趣。

女孩子轮流登场，不用说，各个沉鱼落雁。

主持人是一个光头佬，开口就问："你的择偶条件是什么?"

风起不想听他们说话，问妈妈："瑜美是第几个?"

妈妈说："瑜美压轴，最后一个，第十个。"

风起加速播放，让女孩子一个个闪烁掠过。

她们找到白马王子也好，找不到也好，风起没有兴趣知道。

到了第十个，画面才回归正常。

主持人说："今天最后一个，是这个节目有史以来最特别的公主，全世界独一无二的人鱼公主!"

妈妈预告："你看，瑜美走路出来。"

瑜美有腿了?

风起睁大眼睛，看见瑜美泡在一个半透明的水缸里出来。

水缸下面，有四条短小的铁腿。

这个设计，没有什么稀奇。

多年前，瑜美公主就有一只"七脚蜘蛛"，和这个差不多。

瑜美用四条小腿，姗姗走到台前。

她的上半身喷着孔雀蓝的护霜，闪着点点银光。

她的下半身在水缸里，水缸半透明，映出儒艮尾巴的轮廓。

风起注视瑜美的盆骨部分。

他多么希望自己有一双X光眼，能看见瑜美的骨骼。

瑜美是半人半儒艮，盆骨的大小会不会介于人类和儒艮之间？

风起目测，瑜美的盆骨肯定比人类的小，但可能比儒艮的大。

主持人单刀直入地问："请问人鱼公主，你的择偶条件是什么？"

瑜美毫不犹豫地说："谁愿意给我他的两条腿，我就嫁给他。"

那群"王子"哗然。

主持人一时反应不过来，嘴皮子变得不灵活，问道：

"人鱼公主，你的意思……是……要王子把两条腿切割下来，然后接在你的身体上？"

"没错，"瑜美说，"我看过新闻报道，一个人的头可以割下来，接在另一个人的脖子上面。我想，头都可以换，腿应该没有问题吧？"

主持人自作聪明地回答："我相信，技术上应该没有问题……"

妈妈喊道："就是有问题！"

主持人继续说："……可是，恐怕没有人愿意切去双腿。各位王子，你们谁愿意牺牲自己，把双腿割下来送给人鱼公主？在你们做决定之前，可以对瑜美公主提出问题。"

有一个金发男孩问："如果你要拥有两条腿，是不是要先切去鱼尾巴？"

瑜美说："这个当然。你如果对我的尾巴有兴趣，我们可以交换。你给我两条腿，我给你大尾巴，让你尝一尝做人鱼王子的滋味。"

她的话引起哄堂大笑。

瑜美不明白别人在笑什么，补充一句："我是认真的，不是开玩笑。"

主持人接着问金发男孩："要不要大尾巴？"

金发男孩说："我不介意有一条大尾巴。可是，到那个时候，人鱼公主自己没有大尾巴，只有一双腿，就失去特色了。"

"她有你一双男子汉的毛毛腿，也很有特色呀！"主持人说完放肆地大笑。

瑜美感到尴尬，捏着自己的手指。

金发男孩退回自己的位子。

另一个浓眉红唇的男孩举手。

他走向前台，问瑜美："人鱼公主，刚才看你走出来，我感到很好奇，你如何控制鱼缸的四条腿？"

瑜美一笑，抹开额前的头发。

镜头特写瑜美的额头，额头左右两边各贴一颗纽扣。

瑜美说："我靠意念遥控钢腿。我只要想着向前走，它就会向前走，像这样……走！走！"

瑜美说完，十多秒后，钢腿才举步。

主持人喊道："很先进！很先进！"

瑜美说："虽然先进，但是还有瑕疵。它的反应太慢，只能走，不能跑。刚才我出场时迟到了，就是因为它的动作缓慢。"

浓眉红唇的男孩说："它的确有一点儿慢，不过，已经让我大开眼界。谢谢你，人鱼公主。我是研究机器自动化的，对你的钢腿很有兴趣。如果你需要我服务，我乐意为你效劳，也会感到万分荣幸。"

瑜美说："谢谢你。我对你的两条腿也很有兴趣，如果你愿意让它们为我服务，我很乐意接受，也会感到荣幸。"

浓眉红唇的男孩如脚底抹了油，赶快开溜，嘴巴还礼貌地说："人鱼公主，你真幽默。"

主持人对他说："别怕，小心慢走。小心看好你的两条腿，确保它们还在你身上。"

最后，主持人让"王子"们表态。

他问道："大家请选择，要留住人鱼公主，还是留住自己的大腿。美人和大腿，就如鱼与熊掌，只能选择其一。选择要美人不要大腿的，请按绿灯。"

"王子"们面面相觑，绿灯没有亮起来。

瑜美明显感到失望。

主持人安慰瑜美："不要伤心，他们都很自私，爱自己多过爱美人。你不必感到绝望，我来给你呼吁呼吁。各位男性观众，要是你愿意牺牲双腿，换来一个美人鱼娇妻，请关注本台网站……"

风起气愤地说："怎么可以这样？难道随便一个人捐出双腿，都可以把瑜美娶回家？"

妈妈说："风起，这只是节目效果，你不必当真。即使有人愿意捐出双腿，也不可能移植到瑜美身上。瑜美的盆骨接受不了男人的两条腿。"

"虽然如此，也不能开这个玩笑！瑜美也是有尊严的。"风起依然愤愤不平。

2052年　想给瑜美两条腿

妈妈问道："风起，你还会继续研究给瑜美做义腿?"

风起知道妈妈不希望他白白浪费时间。

他对妈妈说："我在研究如何用神经末梢直接控制义腿动作。"

妈妈赞成说："对! 往这个方向走很好，前面的道路很广阔。如果能够做到神经末梢与电子仪器接轨，不只可以控制义腿，还可以控制各种各样的东西，有无限的潜能。"

"我也是这么想。"风起口是心非。

他这么说只是为了讨好妈妈，别让妈妈阻拦他的研究。

他研究的目的还是一样，做一对适合套在小盆骨上的义腿。

妈妈望子成龙，拿风起和著名医生相提并论，她说："我觉得你的这个研究，比起比古医生的研究更有意义。"

风起感到脸红。

他的小小研究，岂能和比古医生的研究相比?

比古医生独创解冻复活技术，让冰冻了五十年的艾丽莎复活。

风起对一百多岁的艾丽莎没有兴趣。

他只有小小的心愿，想给瑜美一对腿。

2053 年　纸上谈兵

风起的研究终于有成果了，义腿也研究出来了。

他用轻盈但坚韧的碳纤维制造义腿。

两根义腿加起来，才三百八十八克，不足一千克。

那两根腿像两根空心竹，直径约三厘米，能伸能缩。

伸长是一百厘米，比人腿还长，缩短时十厘米，比手掌还短。

这两根腿的接口可以调整，适合安装在任何盆骨上。

接口处的电子仪器，能够和神经末梢接轨。

风起把义腿收缩成十厘米，交给妈妈看："我研究出来的义腿。"

妈妈把它放在手上掂量，怀疑地问："你埋头研究了三年，就研究出这两根东西?"

"妈! 你别看它们外表普普通通，它们可是很厉害的义腿。"

风起对妈妈无须谦虚。

"怎么厉害法?"妈妈没有半点喜悦，不敢相信风起所说。

"怎么厉害法，就需要你帮忙了。你帮我找一只动物，让我做试验，我就可以让你看见它们的厉害。"风起提出要求。

"这还不简单？你需要什么动物？"妈妈问。

"小狗、大猫、大白兔、小猪……都行，只要后腿残疾的，让我免费帮它安装义腿。"风起说。

"好吧。明天我去动物收容所帮你找找看。"妈妈爽快地答应了。

第二天下午，妈妈就带了一只白色的英国短毛猫回来。

这只猫很可爱，浑身圆滚滚的，吃得很胖。

它的一对后腿被车碾过，残废了，被主人遗弃在动物收容所。

风起向妈妈解释，如何把他发明的义腿和脊神经接轨。

妈妈听后，说："风起，你只是纸上谈兵。要用你说的方法把义腿安装上去，还有很多手术上的细节问题。"

风起坦诚地说："妈，我知道我解决不了手术上的问题。但是我妈妈是这方面的专家，是城里最优秀的兽医，我相信，这个手术由我妈妈操刀，就不是问题。"

妈妈捏了风起一下，骂道："马屁精！"

2053 年　给雪球做手术

妈妈在一个星期后，才准备好手术所需的药品和仪器。

这一个星期里，风起陪着英国短毛猫玩。

这只短毛猫非常懒惰，不爱动，也不爱叫。

无论怎么逗它，它还是很冷酷，对人爱理不理。

风起给它一个花名，叫它"雪球"。

雪球吃得不多，就是因为不爱运动，才长得肥嘟嘟的。

妈妈的诊所有一个小型手术室，有一个兽医助手。

风起看着妈妈怎样把两根义腿装在盆骨上，才知道这真不简单。

妈妈得先把不要的部分去掉，让该留的部分保留。

手术过后，妈妈把雪球的下半身固定在一个铁套里。

妈妈说："等它完全恢复，才能解开它的桎梏。"

雪球留在妈妈的诊所里，风起天天去探望。

雪球吃不下，一直啼哭。

风起想听听它的感受，却听不懂猫的语言。

一个月后，雪球瘦了下来，开始吃东西，也很少啼哭了。

妈妈解开它的铁套，把雪球交给风起。

风起拍一拍它的臀部，叫它："走！走！站起来走一走。"

雪球用它的前脚抵抗，弯起上半身，要抓风起的手。

而它的下半身竟不会动，好像塞在一个无形的铁套里。

风起叫道："妈！雪球的下半身瘫痪了！"

妈妈说："你要慢慢给雪球做复健。它还不习惯那两根铁棍。"

风起把雪球带回家，瞅着它，碰触它，它就是不肯动。

豆白也疼惜雪球，骂风起："你把雪球折腾成这样，还要骚扰它？"

一天天过去，风起的信心一天天低落。

他开始怀疑自己研究三年的义腿是否只是废物。

他甚至怀疑妈妈弄坏了雪球的脊神经，使它的下半身瘫痪了。

豆白安慰他说："你去查一查那些著名科学家的经历，哪一个第一次就成功的？谁不是经过多次的失败，才摸到门路？你知道那个比古医生，研究解冻复活技术时，害死了多少冰冻人吗？"

风起吼道："不要拿我跟他比！"

跟著名医生比，风起更觉得自己渺小。

2053 年　苏姗带女儿来

苏姗带着女儿来。

女儿不怕生，见到风起就对风起微笑。

风起见到她就说："苏姗！欢迎你来！我都不知道你结婚了，还有女儿了。你女儿多大了？叫什么名字？"

苏姗没有回答，劈头第一句话就骂风起："你真不够朋友，有这么好的事，也不早通知我。如果我从一开始就拍摄，那该多好啊！"

"我听豆白说，你辞职了。我以为你……"

苏姗不听解释，打断他的话："你就只会以为，不会关心人家。这几年，我都是从豆白那边得到你的消息。要不是她通知我，我还不知道你干了这么了不起的事。我辞去记者的工作，但是我还拍纪录片哪！"

"也没有什么了不起。我也没有打算要公开。"风起腼腆地说。

"不用多说，先带我去看，"几年不见，苏姗变得有点儿霸道，"这么好的事，你不公开，我也要公开。"

风起要苏姗上楼。

女儿跺脚，喊道："妈！你还没有让我说话！"

苏姗被女儿一喊，姿态马上软下来："好，好。你说，你说。"

她女儿立正，对着风起说："我叫小铃，今年三岁。你好！"

小铃如大人一样伸出手来，两眼瞅着风起。

风起弓腰跟她握手："你好，我叫风起。"

苏姗加一句："风起叔叔。"

风起心头一震，怎么变成叔叔了？

小铃说："风起叔叔，你知道我为什么叫小铃吗？你听……"

她发出银铃般的笑声。

风起不知道怎么接茬儿，顿一顿，才说："真可爱！"

小铃颔首："嗯，每个人都这么说。"

苏姗问她："小铃，说够了吗？"

"不够。"她又问，"风起叔叔，你后面那个白白的是什么东西？"

风起一愣。她不知道是翅膀？

他再想一想，现在的小孩没有看过鸟，也没有看过昆虫，当然也没有看过翅膀。

苏姗帮他回答："那个东西叫作翅膀。"

小铃又问："翅膀拿来做什么用。"

风起拍拍翅膀说："翅膀可以飞，我可以飞上天空。"

小铃拉扯着苏姗："妈妈，我也要翅膀，买一个给我，好吗？"

苏姗不耐烦地说："好，好。以后买一个给你。你说够了没有？"

小铃白妈妈一眼，埋怨说："你就是嫌我叽喳。"

苏姗耸耸肩，拉着小铃说："走啦，我们去看风起叔叔的猫。他的猫叫雪花。"

风起纠正："雪球。"

苏姗狡辩："差不多。"

他们爬楼梯上去，还没有爬到顶楼，就听见地板"咚咚"声。

风起暗叫不好："我先去看看。"

风起飞奔上楼，担心雪球撞坏他的仪器。

小铃手脚并用爬楼梯，喊着："风起叔叔，等我！"

风起打开门，看见雪球。

还好，雪球只是原地跳。

"哇！那么高！"苏姗惊呼。

义腿像弹簧一样，让雪球跳得高过人头。

风起喊道："雪球！停！下来！"

雪球并不听话，跳得更高，还在空中翻筋斗。

它翻筋斗的时候，还会把义腿缩短，让动作更灵敏。

雪球不但能跑能跳，还能把义腿伸缩自如。

风起再大吼一声："雪球！"

雪球这时才肯停下来。

苏姗说："这么肥，身手还这么灵活。"

小铃盯着它的义腿，说："这只猫咪没有腿。"

苏姗说："那两条铁就是它的腿。它有铁腿。"

雪球抬起上半身，用两根义腿直立，然后，走到小铃旁边。

它竟比小铃高。

它还不满足，伸长义腿，挺直腰板，头抬得比苏姗还高。

小铃伸手摸雪球的义腿，说："猫咪的铁腿冷冷的。"

苏姗嫌室内光线不足，要求风起带雪球到公园去拍摄。

2053年　风起有计划

雪球到公园后，更加放肆。

它跳到树上，伸长义腿打树叶，打得树叶散落满地。

风起喝止它。

它跳到教堂的屋顶上，不愿意下来。

风起只好飞上去把它抱下来。

雪球静不下来，趁风起不注意，蹿来蹿去。

风起不断地追逐雪球，他们之间的互动，不但是苏姗的录影对象，也引起很多路人驻足拍照。

"我录得差不多了，我们坐下来谈谈吧。"苏姗坐在树下长凳上。

风起把雪球关进笼子，接受苏姗的访问。

小铃在笼子旁边，逗着雪球玩。

雪球很顽皮，从笼里伸出义腿来，用义腿打小铃。

小铃也不哭，在笼子外面和雪球打来打去。

苏姗很遗憾地说："可惜我拍到的只是你的最后成果，

并没有拍到开始部分。"

风起告诉苏姗："这才是开始呢。我这个义腿的研究，不是为了雪球。雪球只是试验品。我是为了瑜美，不过瑜美憎恨我，不会接受我对她的帮助。所以，我想到一个计划……"

苏姗聆听风起的计划。

她拧着眉头说："你妈妈不会答应的。"

风起坚定地说："我今年已经二十一岁了，成年了。如果她不答应，我还是会照原定计划进行。"

苏姗说："妈妈还是妈妈。妈妈把你养大，你应该听妈妈的话，不要忤逆她。"

风起说："如果妈妈考虑我的感受，她应该体谅我。毕竟，那是我的心愿，我不能放弃。"

这时，小铃被雪球的义腿一扫，扑倒在草地上。

她哭着爬起来，举起沾满污泥的双手，奔向苏姗。

"妈妈，我要回家了。"

苏姗抱起小铃，对风起说："你找你妈妈好好谈吧。我希望你能说服她。我们要回去了。"

"好。"风起虽然这么说，心里还没有要和妈妈谈论的准备。

他知道，要说服妈妈，不容易。

2054 年　最黑暗的一年

这是风起最黑暗的一年。

他家里只有三个人，其他两个人都跟他不和。

本来这只是他跟妈妈的事，是他自己愚蠢，才把豆白卷入其中。

他懦弱，不敢对妈妈提出他的计划。

他找豆白帮忙，希望豆白用比较婉转的方式告诉他妈妈。

风起没有料到，豆白听了他的计划，并不赞成。

豆白说他这么做，也是欺骗了瑜美。

风起说他是一番好意，完成瑜美的心愿。

豆白说："你不择手段！"

这是他能想到的唯一手段哪！

他并没有其他选择。

豆白不同意他的计划，不肯帮他传话。

风起没有办法，只好硬着头皮自己跟妈妈说。

妈妈听了暴跳如雷，把他骂了一顿，坚决反对。

风起说他只是要为瑜美做一件事。

妈妈说："你去问瑜美，如果她同意，你再来说。"

他当然不会去问瑜美，那太冒险了。

万一瑜美见到他，燃起旧恨，哪会接受他的好意?

那么他五年的心血，就白白浪费了。

在家里，妈妈和豆白连成一线攻击他，要他放弃计划。

他们隔三岔五就会因为此事吵一次架。

风起在家里待不下去了，要出去散散心。

他现在是合法公民，护照上有他翅膀的说明，可以公开乘坐飞机。

当然，为了避免大家的注目，他还是背着背包。

他告别妈妈和豆白，要独自去旅行。

离家前，妈妈抱着他问："你不会就此失踪吧?"

他向妈妈保证："不会的，我每到一个地方，都会给你信息。"

2054年　独自去旅行

风起说到做到。

他先到蓬卡的马厩找白马。

他向白马倾诉自己的困境。

看到白马过得好好的，他感到欣慰。

他拍了白马的照片传给妈妈看。

接着，他去曼谷，拍一张他在水下城市的照片传回家。

曼谷这个城市已经被水淹没，变成一个旅游胜地。

他继续旅行，去清迈、桂林、昆明、拉萨等地，也传照片回去。

在外面转了一圈，他悄悄搭乘飞机回不老槟榔。

下机后就坐单轨车直达郭氏专科医院。

苏姗找过郭院长，郭院长愿意帮风起完成计划。

风起回来之前，一切已经安排妥当。

他无须登记，直接住院。

第二天，风起就接受手术。

手术后，风起昏迷了四小时。

他醒来，身体剧痛，护士给他吃了止痛药。

他睡睡醒醒，在病榻上躺了一个月。

一天傍晚，他醒过来，看见妈妈坐在床边的椅子上。

妈妈流着眼泪说："为什么你非要这么做不可？"

风起笑着说："这是我的心愿。"

2056年　风起没有后悔

风起并没有后悔自己的决定。

他现在可以感觉如何用自己的神经末梢控制电子仪器。

他的义腿，比雪球那两根更先进，除了能伸能缩，脚板还可以拆开，能接上其他零件，如轮子、冰刀、大蹼等。

经过一年的训练，他已经把义腿当作身体的一部分。

他能走，能跑，能跳，能伸缩。

他可以踩着轮子在马路上高速滑行，穿梭于汽车间。

他身手矫捷，从没发生意外。

若有紧急情况，他还可以离地飞起，避免事故。

2056年　飞得更好

风起飞得比以前更好了。

他现在身体轻盈，少了两条腿和一个大盆骨。

他让郭院长把他的盆骨取走了，给他装上瑜美的盆骨。

瑜美的盆骨其实比儒艮的大，却比人类的小。

他的义腿就是为了小型盆骨打造的。

瑜美并不知道他偷了她的盆骨。

瑜美也不知道她现在的盆骨和那两条腿是风起捐给她的。

如果说是风起捐的，她必会抗拒。

豆白说这是欺骗她，风起认为不是。

那些捐献精子的人，不都是匿名的吗？

他不需要瑜美知道。

他并不要求报恩。

他只是担心，瑜美公主对他那两条腿不满意。

他从小到大，两条腿都瘦小，脚板也不大。

妈妈说是血液和营养流向翅膀造成的。

那两条腿，像女人的。

风起本来就不喜欢他原本那两条腿。

他更喜欢的是自己发明的这两根义腿。

这两根义腿，他埋头研究多年，了如指掌，有了感情。

妈妈以为他作出了牺牲。

不，他不是牺牲，他是在享受。

他感恩。

感恩有一双让他能飞的翅膀，感恩有一对几乎万能的义腿。

他的义腿，也让他声名远播。

当然，这要感谢苏姗。

苏姗拍摄了风起义腿的短片，授权给世界各地的媒体播放。

很多看了短片的残障者，要求装置风起发明的义腿。

2056年　设厂制造义腿

义腿有需求，豆白找人设厂生产。

风起的义腿制作精细，工厂的管理必须非常严格。

品质做得最好的工厂，老板叫作黑瓜。

豆白找黑瓜谈，价钱一直谈不拢。

后来，豆白嫁给他，价钱也就谈拢了。

黑瓜说风起的义腿必须有一个名称，豆白说叫它"风起腿"。

风起不要，他不想出名。

豆白说："反正你已经出名。"

风起还是不接受。

最后，义腿取名"雪球腿"。

第一对成功制造的义腿，还在雪球身上。

既然义腿叫作雪球腿，雪球就是他们的活招牌了。

豆白嫁给黑瓜后，把雪球也带了过去。

风起家里就只剩下他和妈妈两个人。

2056年　瑜美的消息

豆白常回来找风起。

风起告诉豆白，他不后悔装上自己发明的义腿。

豆白说她还是不喜欢，风起看起来像半个机器人。

她说："你妈妈还以为我会嫁给你。我要和黑瓜结婚时，你妈妈很失望。她说，你变成半个机器人，担心你娶不到老婆。"

"我单身也可以过一辈子。"风起说。

豆白对风起透露，妈妈曾经去探访瑜美，回来说瑜美与正常人无异，用腿走路婀娜多姿。

她说:"你越来越怪,瑜美越来越正常。"

风起说:"也许,妈妈不是去看瑜美,她是怀念我以前那两条腿。"

豆白取笑说:"你不去怀念怀念?"

风起开玩笑说:"我怕她用我的腿踢我的屁股。"

豆白笑弯了腰。

2057年4月3日　风起生日

下午两点,风起家门铃响起。

通报机传来女人的声音:"请问菲力先生在家吗?"

风起飞奔下楼开门。

瑜美站在门口,双手捧着一个盒子,眼睛盯住风起的脸孔。

她没有笑容,依然问那句:"请问菲力先生在吗?"

多年不见,瑜美长得亭亭玉立。

她身材姣好,皮肤白皙,喷了白色羽状护霜。

风起的眼睛往下看,看见自己那双腿。

那双腿,放在瑜美身上是多么合适啊!

瑜美依然盯着风起的脸,用没有感情的声音问:"你是菲力先生吗?"

风起移动义腿,发出叮当两声,说:"瑜美,进来吧。"

他不会演戏，也不想对着瑜美演戏。

瑜美的眼睛往叮当响处瞥去，两颗清澈的眼泪掉下来。

"你是菲力。我知道。因为菲力没有腿，他把腿捐给了我。"

风起只好认错："对不起，瑜美。我欺骗了你。我怕你不接受我的两条腿，所以骗你是菲力捐献的。"

瑜美哽咽着说："你可以改名菲力，那么你就没有欺骗我了。你就叫菲力吧。我不希望你欺骗我。菲力，我想把这两条腿还给你。"

瑜美不要风起的腿？

风起往后退两步，紧张地说："瑜美，你不能不要这两条腿，它们已经属于你的了。你看，这两条腿多么配你，你走起路来多么好看。我看到你能走路，我是多么高兴！它们就是你的了，你不能不要。"

瑜美向风起逼近，抽搭着说："菲力，谢谢你这两条腿，我没有说我不要。我很喜欢它们。它们本来就像女人的腿。我只是说，我要把两条腿还给你。"

风起避开，问："你要怎样还给我？我已经有两根义腿了，这两根义腿很适合我。我不需要那两条女人的腿了。"

瑜美把盒子放在客厅桌子上，揩去脸上的眼泪，说："菲力，你不需要这两条腿，这两条腿也要跟着你。我说过，谁给我两条腿，我就嫁给谁。"

"瑜美！"风起扑向前，把瑜美搂在怀里。

瑜美用拳头捶打风起的胸膛，哭着问："为什么这十年来，你都不去找我？"

"我以为你不想再见到我。"风起紧紧搂着她。

瑜美把脸压在风起胸口，说："对不起，是我错怪了你。我以为是你开枪把我爸爸杀死……"

风起说："不是我，真的不是我。"

"我知道。出手告诉我，是她开枪杀死我爸爸的。"

风起放开瑜美，问道："出手怎样了，她过得好吗？"

"很好。你呢，你好吗？"

"我很好。"风起看着桌子上的盒子，问："你带了什么来？"

瑜美打开盒子，是一个小蛋糕。她说："我今年二十二岁，我的两条腿却要过二十五岁生日。我还小，不想过二十五岁生日，就来找它们二十五岁的主人，让它们跟主人一起庆祝生日。"

她插上两根大蜡烛和五根小蜡烛，点了火。

风起在她额头轻吻一下，说："瑜美，谢谢你。我都忘了今天是我的生日。"

瑜美唱起生日歌："祝你生日快乐……"

风起许愿，吹蜡烛。

瑜美问："你许什么愿？"

风起说："不告诉你。"

瑜美跺脚。

瑜美也会跺脚！

2058 年　风起结婚

风起和瑜美在这一年结婚。

瑜美还是坚持叫他菲力。

在这个年头，粮食匮乏，结婚就不设宴请客了。

结婚这事变得很简单，两人上网注册登记，再通过"结婚网"张贴照片公告天下，几分钟就可以办妥。

他们上网公开结婚后，祝福语如浪潮涌来。

很多人还记得他们，祝福他们："祝风中王子和海底公主从此过着快乐幸福的日子。"

瑜美回复说："我很久没当海底公主了。"

是的，十一年了。

结婚后，他们依然住在海边那栋三层楼房里。

他们都住在顶楼，让楼下两层空着，有谁来，就让谁住。

瑜美本来叫余妈妈过来陪她一起住，但是余妈妈走不开。

管石生了一男一女，两个宝贝外孙缠着姥姥不放。

余妈妈说："等你们生了孩子，需要我这个姥姥来带，我才过来。"

提到生孩子，瑜美就低头不语。

风起知道，瑜美担心自己不能生育。

风起并不介意没有孩子，介意的是妈妈。

妈妈在他们结婚前，就发出微言。

她也是担心瑜美不能生育。

风起说不能生就不要生，去孤儿院领养一个回来也一样。

妈妈摇头说："你们自己生的就是不一样。"

后来，妈妈又说："瑜美可能有潜力生孩子，你看她，发育良好，身体里必定有女性激素。女性激素来自哪里？卵巢和子宫。你带她去医院检查一下，说不定她的卵巢和子宫藏在身体哪一个部位。"

"妈，我们顺其自然好了。"

风起明白妈妈抱孙心切，但是他不想强求。

2058年　妈妈看不惯

妈妈身为瑜美的婆婆，从不说瑜美的闲话。

妈妈唯一看不惯的，是瑜美带过来的嫁妆。

瑜美的嫁妆是一副无头的老鹰标本。

这个标本装在一个玻璃框架之内，放在风起家客厅最显眼的地方。

妈妈说那只老鹰无头，所以很可怕。

每天进门，看见无头老鹰，就起一身鸡皮疙瘩。

风起知道那是出人头雕的身体。

瑜美把出人头雕的身体摆出来，只是为了泄愤。

她认为出人头雕是害死她爸爸的凶手之一。

2059 年　瑜美的担忧

妈妈的担心都是多余的。

好事要来，自然会来。

瑜美在婚后不久就有孕吐，去让妇科医生检查，证实怀孕了。

听到这个消息，家里最高兴的是妈妈。

妈妈偷偷对风起说："幸亏你跟她换了盆骨，不然恐怕生不出来呢。"

"妈，瑜美可以剖腹生产。我那个盆骨并不重要。"

妈妈反驳："谁说不重要？没有那个盆骨，哪托得住孩子？"

瑜美的肚子一天天大起来。

有一天晚上，关了灯，瑜美还在风起耳边叨念。

"菲力，我很害怕。"

"你怕什么？"

"我的肚子一天比一天大。"

"很正常啊！"

"可是我不是正常的人。"

"你很正常啊！"

"我不正常。我的盆骨，还有盆骨以下的两条腿，都是接上去的。我怕肚子胀得太大，撑得盆骨脱开来。那上半身和下半身就分家了。"

"不会吧？你不要想太多。好好睡觉。"

"你不要睡，我还没有说完。即使怀胎十月，没有把盆骨撑开。在分娩那天，医生会叫我用力push。我怕我用力一push，盆骨和两条腿都给我push出去。"

"不会吧？你不要吓我。如果你害怕，可以选择剖腹生产。"

"嗯。菲力，你说得对。我看，剖腹生产比较安全。"

"好，就剖腹生产。好好睡觉吧。"

风起俯卧睡觉，不想压到翅膀。

瑜美仰卧睡觉，不想压到肚子里的胎儿。

风起迷迷糊糊睡着了，又被瑜美叫醒。

"菲力，我还是很害怕。"

"嗯，你害怕什么？"

"我怕剖腹生产。"

"你怕疼？不怕。你会被麻醉，不会疼，很安全。"

"我就是怕麻醉。"

"麻醉有什么可怕?"

"我怕麻醉后，医生在我的肚子上划很长一刀。"

"不用怕，会愈合的，不会留下疤痕的。"

"我不是怕这个，我怕我醒来的时候，那一刀已经把我分成两段。"

"不会吧？医生会很小心的。"

"菲力，我看，还是自然分娩好。"

"好吧。自然分娩好。好好睡觉。"

风起握着瑜美的手。

瑜美睡着了。

风起不能睡，他担心瑜美有忧郁症。

2059 年　生下女婴

一切担心都是多余的，瑜美顺利生下一个女婴。

说顺利也不完全顺利，瑜美希望自然分娩，可惜风起献给她的男性盆骨无法自然撑开，最终还是剖腹取出婴儿。

无论如何，母女平安，皆大欢喜。

女婴四肢健全，有一双圆滚滚的腿。

她各方面都很正常，长得也很可爱，就是背后多了一对白色翅膀。

妈妈给女婴取名"安琪儿"。

安琪儿还不会走路就会飞。

从此，风起那栋三层楼房子不再寂静，多了婴孩的哭声、大人的笑声，还有瑜美的叫声。

瑜美常在阳台上大叫："菲力！安琪儿！你们两个飞到哪里去了？"

安琪儿听见瑜美的叫声，就会咯咯地笑。

安琪儿的出世，让瑜美作出改变。

他们从医院回来的那天，风起搀扶瑜美进门。

妈妈抱着安琪儿跟随在后。

瑜美一踏入客厅，就转回头阻止妈妈进来。

她吩咐风起："快，快把那个标本收起来，免得吓坏安琪儿。"

风起把装有无头老鹰的玻璃框架收进客厅的壁橱里。

妈妈抱着安琪儿进客厅，对安琪儿说："小乖乖，回家了。你可以睁开眼睛看，我们家里很美丽，没有可怕的东西了。"

2062年　把标本处理掉

安琪儿三岁，会爬会走，会跑会跳，还会飞。

有一天她在客厅玩，要打开壁橱，瑜美连忙阻止。

瑜美喊道："安琪儿，不要打开，里面有怪物，怕怕！"

安琪儿拍着胸口，跟着句尾说"怕怕"，奔入瑜美的怀抱。

晚上，等安琪儿睡着了，瑜美才和风起说话。

"菲力，壁橱里那个标本，帮我拿去处理掉。"

"怎么处理掉？"

"放一把火烧了。"

"不行。"

"为什么？你舍不得出人头雕？"

"不。我的意思是，鸟类已经绝种多年，老鹰的标本，应该很值钱。"

"那么你拿去卖好了。你要卖给谁？"

"我上网拍卖。"

"好吧。你动作要快。卖多少钱无所谓，重要的是快点处理掉。"

风起拍了老鹰标本的照片，上网拍卖标本，三天之内截止。

他化名"云涌"。

三天后，有兴趣买无头老鹰标本的有十多个人。

一个叫作芭芭拉的女士出价最高。

芭芭拉担心货品有假，要求当面交货。

风起和芭芭拉约定在一家咖啡馆见面。

瑜美说："假如她是一个美女……"

风起接着说："我心里还是只有你。"

瑜美放心地让风起赴约。

风起戴了帽子，带着一个大袋子，背着背包去。

他不能让人家知道他就是"风中王子"。

芭芭拉说她会喷黑色护霜，全身黑色。

2062年　芭芭拉掉眼泪

风起老远就望见一个黑色身体伫立在咖啡馆门边。

芭芭拉面对墙壁，背向马路。

她的头发蓬松，像一簇乱草。

她身体宽大，黑色的护霜遮不住她满身赘肉。

风起来到她背后，喊道："请问，你是芭芭拉女士吗？我是云涌，你要的货品带来了。"

"我们里面谈吧。"芭芭拉女士没有回头，一直走进咖啡馆大门。

咖啡馆人少，灯光暗淡。

芭芭拉走到最阴暗的角落坐下。

她的头发遮盖她大部分脸孔，看过去好像是一个没有脸的人。

风起倒抽一口气，坐在她对面。

她低着头看桌上的小屏幕，点她要的饮料。

风起还是看不清楚她的脸："你好！"

她没有回应。

风起点一杯薄荷茶，再抬头看她。

赫然看见蓬松头发里，露出炯炯目光。

两颗眼睛的距离很近，看起来她的头很小，只有一个苹果那么大。

这么大的身体，这么小的头颅，非常怪异。

"芭芭拉女士，你好！"风起又说。

她一动也不动，小小的嘴巴张开来，没说什么。

她不会说话？

不对呀！刚才她不是说"我们里面谈"？

风起从大袋子里取出无头老鹰标本，放在桌面上。

"就是这个，你看看。你喜欢的话，我现在就可以交给你。"

她肥大的双掌，把整个玻璃框架拿过去，放在自己的肚子上，全神贯注地凝视着无头老鹰标本。

桌子旁的传送带送来两杯饮料，一杯薄荷茶，一杯咖啡。

风起很有礼貌地把那杯咖啡捧到她面前，再捧起自己那杯薄荷茶。

滴滴答答的眼泪掉落在框架玻璃上。

看她的身体，至少六十岁。

她应该是一个爱鸟人士吧。

或许，二十年前她是一个鸟类学家。

十多年没有见到鸟类，再次见到，眼泪涟涟。

2062年　本来就是她的

芭芭拉只顾流眼泪，没说话。

风起问："芭芭拉女士，你有什么疑问吗？"

她抬起头，脸藏在发丝后，问道："你把它收在哪里？"

风起觉得没有什么好隐瞒，说："在我家客厅里。"

"你天天看它？"她又问。

风起想一想，是的，每天下楼来，经过客厅，都会看见它。

"是的。"风起说。

她站起来，把那个玻璃框架放在桌子上，对着风起鞠躬。

她说："谢谢你，谢谢你。谢谢你没有忘记……"

说到最后，她哽咽得说不下去。

"芭芭拉女士，你坐下，你坐下。"

风起尴尬地站起来，和她一起坐下。

她拿手帕擤鼻涕，然后又问："为什么你要把它卖掉。"

风起觉得不好意思，还是说："我怕它吓到我女儿。"

"你有了女儿？"

"是的。三岁了。"

"你结婚了？"她又问。

"结婚了。"风起觉得是废话。

"你的……老婆……是……正常的人？"她支支吾吾地问。

瑜美现在是一个正常人。

"是的。正常人。"

她接着问："有手有脚？"

风起不明白她为什么这么问。

难道认出他是"风中王子"，知道"海底公主"没有脚？

她的眼睛一直盯着风起，又问："你的两条腿呢？"

风起明白了。

原来她看他没有腿，才问他老婆有没有手脚。

"切断了。"风起说。

她点着她的小头，蓬松的头发跟着晃动："命。这都是命。"

风起觉得越扯越远了，问："你还要这个标本吗？"

"当然要。我找它找得好辛苦。对了，我应该给你转账。"

她摸出手机，把钱转给风起。

风起站起来说："谢谢你。这个标本，现在是你的了。"

芭芭拉莫名其妙地说："它本来就是我的。"

风起把大袋子也给了她。

"我先走了，你慢慢来。"

她看着风起的背包，问："你女儿也背背包吗？"

风起回头，看不清楚她的脸。

干脆告诉她："她会飞。"

"飞翔，是多么美妙的事啊！"她坐在那里感叹。

风起大步流星走出咖啡馆。

他总觉得这个女士好像有什么地方不对劲。

2062 年　多么美妙

风起乘坐单轨车回家，在车里，他还是觉得事有蹊跷。

那个女士，她的头、她的头发和她的身体都不搭配，好像是三个不相干的东西乱凑在一块儿。

他把它们分开来想，她的头，苹果一般大的头……

会不会就是出人头雕？

风起就近下站。

在车站里，他也不管众人的眼睛，脱去背包，露出大翅膀。

他的伸缩腿一蹬，身体弹到半天高。

他展开翅膀，往咖啡馆的方向飞去。

那个阴暗的角落已经没有人，茶杯已收走了。

咖啡馆的主人奔出来，瞪大眼睛看他，问他："你是……"

风起没有回应，拍拍翅膀飞上天空。

快二十年了，出人头雕还活着？

如果他还活着，是多么令人高兴的事。

如果真是出人头雕，把他的身体还给他，是多么圆满的事！

风起在高空翱翔，耳边响起芭芭拉那句话。

"飞翔，是多么美妙的事啊！"

感动全球华人读者!

小芋头长了一身温暖的猩猩毛是从井本医生那儿遗传而来的，他的猩猩毛不仅温暖了自己，还温暖了别人，通过拥抱的方式为别人解忧、解压、解乏、解恨、解闷和解饿，给别人带来了正能量。

——朴秀景，11岁，韩国首尔江南小学四年级

小芋头从给别人带来温暖到参加奥林匹克运动会为国争光，他的生活是快乐而又充实的。我也要像小芋头一样，乐于助人，传播正能量，为社会、为国家献上自己的一份力量！

——中村友美，12岁，日本清流小学五年级

小孙懵懵懂懂，性格单纯，不懂得大人之间的算计和阴谋，在不一样王国时为了得到爸爸的表扬，放出了病鸟，酿成了大祸，而在人类世界又被人利用，违法犯罪，最终年纪轻轻，落得个一命呜呼的下场，真是不幸啊！

——Lena，13岁，马来西亚 Alice Smith School（Primary）

（爱丽丝史密斯国际学校）六年级

人非圣贤孰能无过，海阔虽然之前作恶多端，但是他也是被井本医生利用和误导了。如今海阔认识到了自己的错误，洗心革面、痛改前非，也凭借着自己的努力在学业上和事业上都有所成就，对海阔而言，这也是一个成功的人生！

——贺昊，12岁，美国纽约公立小学五年级

海阔在学校因为身体畸形而受尽歧视，对海阔而言，这是残忍而又不平等的！人与人的相处应该互相尊重，互敬互爱，怎么能够因为他人身体上的缺陷或者是家庭的贫困等原因就歧视他人呢？

——曹家梦，11岁，英国伦敦 Harrow School

（哈罗公学）四年级

因为小孙的一念之差，导致禽流感大规模爆发，人类争相打鸟，鸟类灭绝，接着虫灾肆虐，不久之后，昆虫也灭绝了，2046年以后出世的孩子再也喝不到蜂蜜，再也听不到百鸟啁啾。这虽是故事中的情景，却警示世人，应当尊重自然，保护环境，让我们的下一代、下下一代、下下下一代都能看到碧草蓝天。

——韩雨彤，11岁，新加坡 Rosyth School

（乐赛小学）四年级

《2047后，十全九美的结局》这本书装帧精美，语言细腻，情节精彩，很受读者的欢迎。特别是这是系列书的最后一本，许多小读者都很不舍，还有一些孩子买了全套的书珍藏，留作纪念。

——Mary，27岁，商务印书馆马来西亚分社书店店员

"尽信书，则不如无书。"当今时代，我们不应该做"两耳不闻窗外事，一心只读圣贤书"的书呆子，而是应该勤学勤思，关注时事，力学笃行。

——韩文涛，14岁，福州市第二中学初一7班

海阔知识渊博、能言善辩，最初想要参加政党时却得不到党员的支持，这是为什么呢？因为纸上谈兵是得不到民心的，只有你脚踏实地地为人民服务，为人民做好事、做实事，为人民争取正义和胜利，才能获得人民的支持。

——相燕冰，13岁，广州市建大小学六年级1班

有点花既拥有动物灵敏的嗅觉和敏捷的行动力，又拥有人类的智慧，因此经过培训后，有点花成为了一名出色的人民警察，打击违法犯罪，维护社会治安。我长大了以后，也要当一位像有点花一样出色的人民警察！

——张鹏，男，11岁，珠海第十小学四年级2班

整个故事当中，我最喜欢的就是白马。看到白马一路走来，有欢

乐，也有泪水，但最终它实现了自己的梦想，能够畅快地在天地间翱翔，有疼爱自己的丈夫，引领着马群，晚年时期更是子孙满堂，其乐融融。白马有着这么圆满的结局，我发自内心地为它感到开心。

——吴丽燕，11岁，泰兴市济川小学四年级1班

出手受伤后，在海洋中游走时，等于是在伤口上撒盐，那份疼痛，即便隔着书本，我仿佛也能体会到，令人怜惜。然而，看到她的海豚丈夫为她觅食，细心照料她，她的海豚朋友更是合力将一群鲭鱼供她食用，我为他们之间纯洁的感情而感动。

——凌嘉慧，10岁，青岛市新世纪小学三年级1班

海豚是我最喜欢的动物，第一次在海洋公园见到海豚，我就被它们流线型的身体和独特的海豚音给吸引了。海豚非常和善，是人类亲密的伙伴，海豚救助人类的事情更是时有发生，故事中的出手也是一只善良的海豚，助人为乐，嫉恶如仇，是一只可爱而又充满正义的海豚，让人情不自禁地喜欢上她。

——万佩荣，10岁，海口市第十一小学三年级3班

2047年以后，出人头雕作为世界上最后的半只鸟，机缘巧合之下，竟然能够以芭芭拉的身份，以一个人类的身份生活，遍览世间美景，尝尽人间美味，更尽自己所能，帮助穷人。出人头雕的一生真可谓是传奇的一生啊！

——刘辉，11岁，三亚市第八小学四年级2班

"学然后知不足，教然后知困。"海底公主瑜美通过选修课程，不断丰富自己、充实自己，最后俨然成为一位海洋学家，更利用自身的优势，游走于海底，研究海底生物，为修复海洋环境献出了自己的一份力。我也要好好努力，向瑜美学习！

——秦佳佳，13岁，贵阳市海文小学六年级1班

如今网购风靡全球，网上购物，送货上门，实惠又方便，我和瑜美一样非常喜欢网购。但是，我们在网购时不能像瑜美一样，花钱大手大脚，买东西随心所欲，没有规划。我们应当勤俭节约，不能奢侈浪费，树立正确的金钱观。

——沈雯雯，11岁，桂林市中华路小学四年级1班

在我眼中，小孙就是一个天真无知的孩子，一直以来他唯一的心愿便是获得爸爸的赞赏和肯定，也为此做了不少傻事，即使在生命的尽头也希望听到爸爸的赞赏，哪怕一句也好，何其可怜，又何其可悲啊！

——薛琴，34岁，天猫网店店主，两个孩子的母亲

从"2042"到"2047后"，女儿见证了风起和瑜美等人的成长，而我则见证了女儿的成长，那一个个捧着书、读着故事的夜晚，都成为我和女儿美好的回忆。感谢许友彬老师为孩子带来了这么奇妙的故事。

——周雅娟，33岁，卫思彤的妈妈

看到瑜美为了报恩，嫁给了为她捐献双腿的菲力时，我觉得很遗憾，一直以来，我都希望瑜美和风起能在一起。结果万万没想到，原来风起就是菲力，风起一直在默默地关心着瑜美。风起和瑜美能够有情人终成眷属，我替他们感到开心！

——王子川，12岁，郑州市黄河路第一小学五年级2班

看了《2047后，十全九美的结局》以后，有一种"终于"的感觉。从《2042，背包里的天空》开始，我就喜欢上了这个故事，如今除了小孙，大家都有了一个圆满的结局，收获了属于自己的幸福，作为一名忠实粉丝，我感到由衷的喜悦。

——沈菲，14岁，苏州市第二十一中学初一5班

"书籍是造就灵魂的工具。"随着故事情节的发展，孩子愈加懂得读书的乐趣，学习了许多知识，也成长了许多。

——李彦龙，35岁，武汉聚辉摄影制作有限公司摄影师

看完故事后，孩子学会了辨别是非曲直，知晓了奉献精神，懂得了人与人之间的相处应该多些真诚与爱等等。多读书，读好书，果然是收获颇丰啊！

——徐斌，34岁，青岛市花林实业有限公司园林景观设计员

图字:11-2015-296 号

图书在版编目(CIP)数据

2047 后,十全九美的结局/[马来西亚]许友彬著
—杭州:浙江少年儿童出版社,2018.10(2021.3 重印)
(许友彬未来秘境系列)
ISBN 978-7-5597-0842-7

Ⅰ.①2… Ⅱ.①许… Ⅲ.①科学幻想小说-马来西
亚-现代 Ⅳ.①I338.45

中国版本图书馆 CIP 数据核字(2018)第 127667 号

本作品由红蜻蜓出版有限公司于马来西亚首次出版,授权
浙江少年儿童出版社在中国(包括香港、澳门、台湾)出版中文
简体字版本。

许友彬未来秘境系列

2047 后,十全九美的结局

2047HOU,SHIQUANJIUMEI DE JIEJU

[马来西亚]许友彬 著

责任编辑 吴云琴
美术编辑 成慕焱
封面绘画 LOST7
责任校对 冯季庆
责任印制 王 振

浙江少年儿童出版社出版发行
(杭州市天目山路 40 号)
杭州富阳美术印刷有限公司印刷
全国各地新华书店经销
开本 880×1230 1/32
印张 8 彩插 8
字数 141000
印数 10001—13000
2018 年 10 月第 1 版
2021 年 3 月第 2 次印刷
书号:ISBN 978-7-5597-0842-7
定价:29.00 元

(如有印装质量问题,影响阅读,请与购买书店或承印厂联系调换)
承印厂联系电话:0571-63251742